樂讀456 004

我的爸爸是流氓

文 張友漁 圖 吳孟芸

我的爸爸是流氓

我的爸爸是流氓

我的爸爸叫陳大臣，他非常痛恨他的名字。他認為今天他所以會這麼落魄，都是因為阿公給他取了這個倒楣的名字。他經常憤怒的說：「每個人都大臣大臣的叫，難怪我一輩子也當不了皇帝……」

很多人都說我爸爸是流氓，媽媽氣到極點的時候，也會說：「你爸爸那個流氓……」

鄰居和親戚對爸爸的評語都很差，大家都說他是個沒有用的人。爸爸經常動手打媽媽，偶爾也會莫名其妙、毫無緣由的對我們兩兄弟亂發脾氣。他沒有做過一件外婆認為是「正經」的事。

爸爸的朋友都和爸爸一個樣兒，成天踩著拖鞋、嚼著檳榔，無所事事的到處閒逛。這可能就是成語所說的「物以類聚」吧！

不過，我始終認為，我的爸爸不是什麼大壞蛋。因為有一個中秋節的夜晚，老師要我們做一份月全蝕的報告，爸爸陪著我觀察月全蝕，一直到清晨五點。他還給我說了一個天狗吃月亮的故事。那一天，我好喜歡爸爸。我很高興我有了一個好爸爸，雖然別人不知道，但是星星可以做我的見證……

1. 我的爸爸是流氓

「我的爸爸叫陳大臣，今年三十八歲。他的身材很瘦，頭髮捲捲、亂亂的。我們家裡開家庭理髮店，但是爸爸都喜歡到外面的理髮店去剪頭髮。外面剪的頭髮好醜，沒有媽媽剪的好看。

很多鄰居和我同學的媽媽都說他是流氓。他最大的興趣是睡覺和簽六合彩。他有的時候贏錢，有的時候輸錢，輸的時候比較多。爸爸輸錢的時候，我們都不太敢講話，因為他會變得很凶。

我的爸爸有三個願望，第一個願望是——哥，爸爸的願望是什

麼？」阿弟咬著筆桿，一臉疑惑的問我。

「爸爸在客廳看電視，你去問他啊！」我說。

「我不敢啦！爸爸好凶。」

爸爸剛剛才在飯桌上發過脾氣，因為媽媽又說爸爸沒有用。

「我們一起去問，好不好？」阿弟說。

我和阿弟走到客廳。爸爸歪斜著身體在看電視，一邊抽菸。

「阿爸。」我叫了一聲。爸爸轉頭看我。

「阿弟的作文寫我的爸爸，他說老師規定要寫爸爸的三個願望。」

我怯怯的問。

爸爸轉頭看電視，說了一句：「願望啊！」然後開始啃咬他大拇指的指甲，還發出嘖嘖嘖的聲音。當爸爸開始咬指甲的時候，就表示他正在思考，就像阿弟作業寫不出來的時候，老喜歡咬筆桿一樣。爸爸咬指甲的習慣已經好多年了，媽媽說了他好幾百次，他還是一樣改不了。

一會兒，爸爸身體坐直，咳了兩聲後認真的說：「你就這樣寫，我爸爸的三個願望，一是當董事長，二是賺大錢，三是要一部賓士五百。就這樣寫！」

我愣了一下，這種願望怎麼好意思叫阿弟寫在作文簿上？最少也應該寫：希望孩子健康的長大、家庭和樂什麼的。

爸爸突然想到什麼似的，轉身問我：「你是不是還當班長？還

考第一名？我警告你，如果掉到第二名，我就打爛你的屁股。聽到沒有？」

我點點頭。這是爸爸說話的口氣，他不會真的打爛我的屁股。明天，他就會忘了這件事。關於我的功課，他也只是興致來了隨口問問。他上次問我功課，是在去年暑假，那時候他剛剛贏了一些錢。

這個時候，爸爸看到阿弟手上的作文簿。「你的作文給爸爸看一下。」

阿弟一臉害怕的把作文簿藏在背後。

「拿來啊！你怕什麼？」爸爸站起來，從阿弟身後搶過作文簿。

爸爸看完作文，臉色大變，憤怒的把作文簿撕成兩半。

「誰教你這樣寫的？什麼是流氓啊！你說你爸爸是流氓，你不想活了是不是？」

爸爸用力推了阿弟的肩膀一下。阿弟往後退了兩步，我也趕緊後退兩步和阿弟並排站著。我們都害怕得要命。

「你說，爸爸哪裡像流氓？」爸爸很凶的逼問。

阿弟被爸爸的模樣嚇哭了。

媽媽從廚房跑出來：「你幹麼這麼凶嚇孩子！」

爸爸二話不說就往媽媽的臉頰揮過去一巴掌：「你兒子居然說

我是流氓，你是怎麼教的？教孩子說他爸爸是流氓啊？你給我差不多一點！」

「你這個樣子，不是流氓是什麼？」

媽媽回罵一聲，撲上去和爸爸扭打在一起。我和阿弟害怕的退到房門口。

最後，媽媽被用力甩在沙發上，爸爸怒氣沖沖的出門去了。

媽媽弄清楚事情發生的經過之後，告訴我和阿弟，以後寫作文寫到爸爸的職業，就寫爸爸是理髮店的老闆，因為「流氓」這個字眼不好聽。媽媽還要阿弟把「爸爸喜歡簽六合彩」那段擦掉，怕老師看了作文以後，會對我們家印象不好。

「我的爸爸是理髮店的老闆，老闆就是什麼事都不用做的人。當老闆臉臭臭的時候，我們家裡的每個人都不敢大聲講話，因為老闆很凶會打人。我希望我的爸爸以後都給媽媽剪頭髮。」

阿弟唸著他剛寫好的作文。

我一邊聽，一邊希望父親節快到的時候，老師不要出這個作文題目，因為這是個最難寫的作文題目。

2. 街頭表演全武行

媽媽站在電話旁，一手扠腰，一手握著話筒，她已經講了十幾分鐘了。

「誰欠你錢，你找誰要去，你找我沒有用……誰理你啊！我管不了啦！除非你把我親筆簽的、有王素芬三個字的借據拿到我眼前，我就還你錢；否則，別再煩我。懶得跟你囉唆！」

媽媽氣呼呼的掛下電話，嘴裡還叨叨唸唸個不停。

「阿樂仔，去廟口叫你爸回來！」

「我明天要考試，叫阿弟去好不好？」我停下筆，抬頭問媽媽。

「那——不用了，你跟阿弟在家，我去叫你爸回來！我們家都快給那些流氓給拆了，還賭。我倒要去看看你爸爸拿什麼去賭！」

看著媽媽出門，我的心中泛起一股不安。十分鐘以後，我聽見陳禮賢在樓下喊我的名字。

我從陽臺探頭出去：「什麼事啦！」

「你爸爸和你媽媽又在廟口打架，你趕快去！」

我丟下鉛筆，以跑百米的速度往廟口跑去。

如果要我選擇世界上最痛恨的一條路，我會毫不考慮的選擇從

家裡到廟口這段一千多公尺遠的路。這段路上住著我的同學和鄰居，他們不只一次在這段短短的路上，看見我們家演出的「全武行」鬧劇。

遠遠的，我看見一群人聚集在廟口對面的人行道上。用膝蓋想也知道，媽媽和剛輸了錢的爸爸一言不合，等不及回家，就在馬路上開打了。

我看見爸爸用力扯扯媽媽的頭髮，媽媽兩隻腳就胡亂的踢著爸爸的腿，一隻拖鞋還被甩到馬路上。好多人停下來看，路過的汽車駕駛也搖下車窗看熱鬧。我好希望有誰能去把爸爸和媽媽拉開，可是他們都看得好出神，偶爾和旁邊的人說兩句他們對這件事的看法。我恨死這些圍觀的人了，真希望馬上來一場大地震，地上出現一個大裂縫，讓這些人都掉下去。

後來，媽媽踢到爸爸的小雞雞，爸爸痛得蹲在地上站不起來。

我過去撿起媽媽掉在馬路上的那隻拖鞋，遠遠的站著。我覺得好丟臉，好想馬上跑開，假裝不認識他們。

媽媽顧不得右腳沒有穿鞋，氣沖沖的撥開人群一拐一拐的往家的方向走去。我追上媽媽，把鞋子遞給她穿上。走了幾步路，我回頭看爸爸，他走得很慢。被踢到小雞雞，爸爸一定很痛。我心裡猶豫著要不要去扶他，兩隻腳卻跟著媽媽一直往前走。我知道我如果去扶爸爸，媽媽一定會不高興；可是，爸爸一定也會因為我沒有去扶他而不高興吧！想著想著，我慢下腳步，走在媽媽和爸爸的中間。

爸爸一進門，媽媽就抓起沙發上的椅墊扔過去。爸爸俐落的閃開，接住椅墊又丟向媽媽，方向偏了，椅墊結實的落在我臉上。沒關係，我已經習慣了。媽媽雖然恨透了爸爸，可是她從來也沒用菸灰缸扔過他。

「你在外面到底欠了多少垃圾債？有電話你為什麼不自己接啊！有本事借錢，就要有本事擔當，躲在我背後你算什麼男人！」媽媽劈里啪啦的罵了一大串，撿起椅墊再丟向爸爸。

「你再給我囉唆一句試看看！」爸爸握著拳頭，瞪大眼睛警告媽媽。

媽媽當然不會因為這句話就閉嘴。她會用更挑釁的字眼反攻回去，直到爸爸的眼睛噴出火來、額頭青筋暴露為止。

我帶著阿弟進房間，阿弟用枕頭把耳朵摀住。接下來會發生的事和以往也不會有什麼不同，他們又會打架，打得鼻青臉腫的。從我有記憶以來，他們就用這種方式過日子。

「我要跟你離婚！」媽媽歇斯底里的大叫。

「你敢再跟我提離婚你試試看！離婚以後我也不會給你好日子過！不信你就試試看！離婚，孩子你一個也別想帶走！」爸爸也吼回去。

「我要去法院告你，你以為法院會把孩子判給你這個不會賺錢的前科犯嗎？」

媽媽這句話戳到爸爸的瘡疤，又招來一頓捶打。

有時候我真的很懷疑，我和阿弟是他們繼續生活下去的原因嗎？媽媽是因為不願意失去我們而強忍著這段婚姻；爸爸呢？他已經不再愛媽媽了，為什麼媽媽只要提到離婚，他就會很生氣？他真的希望把我們留在身邊嗎？還是，我們只是他讓媽媽繼續賺錢養家、替他還賭債的「籌碼」？

大人都以為我們還小什麼也不知道。其實，我們心裡明白很多事情。

過了一會兒，客廳沒動靜了，我走出房間，爸爸正好甩門出去。媽媽右臉頰紅腫一塊，坐在地板上掩面抽泣。我走過去摟住媽媽的肩，心裡對她很愧疚，因為我已經四年級了，卻沒有能力保護

媽媽。爸爸發怒的模樣好可怕，像一頭發瘋的獅子到處嘶咬。記得我還很小很小的時候，有一次，爸爸打媽媽，我哭著用拳頭一直打爸爸的大腿。爸爸憤怒的轉身，把我高高舉起，重重的摔在床上。從那時候開始，我不敢再去救媽媽了。我怕爸爸，怕得只想離他遠遠的。

媽媽真的很可憐，靠著家庭理髮微薄的收入養家，還要替爸爸還債。

有一次，隔壁的王媽媽來家裡洗頭，媽媽邊流著眼淚邊幫她洗頭，眼淚還滴到王媽媽頭上。

「唉，你既然要為孩子忍受阿臣一輩子，別人也沒辦法幫你了。」王媽媽愛莫能助的看著鏡中的媽媽。

如果媽媽決定要離開爸爸而拋下我和阿弟，那我們該怎麼辦？

我突然感到一陣惶恐。

3. 爸爸的前科

那天，七、八個荷槍實彈的警察到家裡，對著爸爸亮出一張紙，然後就在家裡每個角落翻箱倒櫃的找著什麼東西。我和阿弟站在角落看著。警察來家裡搜索已經是第三次了，前兩次什麼也沒有搜到。

警察第一次到家裡來的時候，我才七歲，看見這麼多的警察，嚇得直發抖！我以為警察是要來抓爸爸的。媽媽說，爸爸因為有前科，在警察局有紀錄，警察擔心爸爸又做壞事，所以到家裡來看看

有沒有收藏犯罪的工具，像刀、槍或毒品這類的東西。警察在找東西的時候，爸爸就在一旁發牢騷：「沒有藏什麼東西啦，要搜你就搜啊！給你找到什麼我就不姓陳啦！」警察走了以後，爸爸對我們說，他在外面得罪了一些人，所以有人向警察密告，說他家裡藏有毒品，警察才會到家裡搜查。爸爸對我們說，他雖然沒什麼出息，但是他絕對不會去碰毒品。

爸爸的前科是個碰不得的傷口。只要誰提到爸爸坐過牢的事，爸爸就會發好大的脾氣。

爸爸到底犯過什麼案子？他的前科到底是什麼？賭博？詐欺？搶劫？還是偷竊？不會是殺人吧！想到這裡，我的心就會怔一下。

可是，知道爸爸曾經做錯哪件事而入獄，有那麼重要嗎？現在的我，就像林淳洋的近視眼，度數不是很深，沒戴眼鏡朦朦朧朧的，還是看得見。不過，雖然眼鏡是一種負擔，可是，能把事物看得清清楚楚的不是更好嗎？

後來我在外婆與媽媽說悄悄話的時候，不小心偷聽到，原來爸爸從前在賭場當保鏢，因為賭場糾紛，持開山刀把另一個流氓砍成重傷，坐了四年的牢。我六歲的時候，爸爸出獄回家，我才知道有一個爸爸。

外婆說，爸爸是個不成熟的男人，像他這樣的男人，實在不應該結婚。結了婚，孩子都兩個了，還是一點責任感都沒有。

監獄到底是什麼樣的地方？像電視上演的那樣，犯了罪的人就蹲在鐵欄杆圍起來的地方，五個月、一年、兩年、三年……好幾年都曬不到太陽，也看不見月亮……。總之，坐牢一定是一件很不好受的事情。

有件事我始終不明白，媽媽老是說爸爸是「那個流氓」，當年，又為什麼要嫁給爸爸？

外婆說，她和外公是奉父母之命結婚的，婚前兩人只見過一次面，連對方的性格、長相都沒弄清楚就結婚了。外婆說，那個年代嫁娶得靠些運氣，嫁得好與壞，都是自己的命。

「可是，現在可以自己選，你老母還嫁給這樣沒出息的男人，目睛給蛤仔肉糊住了啦！」外婆說。

有一次，我對外婆說：「阿媽，你不要說我爸爸的壞話嘛！」

「這個囡仔，他爸爸一點責任感都沒有，他還替他說話。你白疼他了。」外婆很不高興的對媽媽說。

我看了媽媽一眼，希望媽媽能夠明白，我替爸爸說話，不是偏袒他，只是因為他是我爸爸。

媽媽說，爸爸年輕時不是這樣子的。他在一家工廠擔任水電技師，工作了好多年，她就是那時候認識爸爸的。後來爸爸交了壞朋友，受到蠱惑，才走入歧途。剛開始，爸爸犯了偷竊罪坐牢八個月，出獄後變得自暴自棄，交了更多不三不四的壞朋友，才真正變壞。媽媽說爸爸的本性其實不壞，只是脾氣壞了一點。

「這個阿樂仔，如果不是他媽媽這麼艱苦忍耐，在身邊照顧他，恐怕早就變成小流氓了！」

外婆說這句話的時候，媽媽正忙著摺毛巾，沒有答話。但是我

看見她的嘴角微微上揚。我知道我是媽媽的希望，我也從來沒讓她失望過，我的成績單總是帶給她很大的快樂。同學的媽媽常常在她面前說：

「你家的阿樂仔是怎麼教的啊？怎麼這麼優秀？功課那麼好又當班長。」

這時媽媽會笑得很開心的說：「哪有怎麼教啊！他很自動自發，放學回來就自己躲在房間用功。阿弟受到哥哥的影響，也很用功。這兩兄弟我很放心，不會像他爸爸那樣！」

看見媽媽開心我就開心，我會更加用功一百倍，留住媽媽的開心。

我知道媽媽是為了我和阿弟，才繼續忍受爸爸的拳頭。雖然很多來燙頭髮的鄰居都勸她：

「人生還長得很，你要忍耐到什麼時候？離開他，去過新生活！兒孫自有兒孫福嘛！」

我曾經在一本書上看到這樣的句子：

「人的性格裡有一半是天使，一半是惡魔。」

爸爸體內的惡魔戰勝了天使，所以爸爸呈現出來的是壞的性格。也許哪一天會有什麼人發明一種新藥，給爸爸喝下去，讓他體內那個沉睡的善良天使醒來，重新去對抗惡魔。這樣一來，爸爸也許就會變成好爸爸了。

4. 爸爸的緊身花襯衫

有一天，爸爸回家，脫去上衣。我們看見他的上半身刺滿花花綠綠的花和龍的圖案，都驚嚇得張大了嘴巴。媽媽回過神之後，衝向爸爸，一陣拳打腳踢，發瘋似的喊叫著：

「你這個流氓，刺這個什麼東西？我和孩子們還要不要做人？你就是要告訴全世界的人，你就是流氓，是不是？」

隔壁巷子的吳媽媽正在店裡洗頭，她滿頭都是白泡泡，不知所措的坐在椅子上，從鏡子裡看著這齣「武俠片」。這麼多年了，演

出家庭鬧劇的時候，媽媽早就習慣有不相干的人在一旁觀賞。

吳媽媽拿了一條毛巾包住頭，趁著一片混亂，悄悄的閃身出去。這下子她又有新鮮的、還冒著熱氣的新聞去對左鄰右舍的人說了。

爸爸身上的刺青，到現在還鮮明亮麗。爸爸打赤膊的時候，身上就好像穿著一件緊身的花襯衫。

夏天的時候，爸爸就這件花襯衫穿一個夏天；出門的時候，他會加一件水藍色的短袖襯衫，但手臂上還是會露出一小截花紋。

有一次，我帶幾個同學到家裡看漫畫，爸爸光著上身坐在理髮椅上刮鬍子。看見我們，他抓起披在椅背上的襯衫穿上，笑嘻嘻的

招呼著：

「你們來玩啊！等阿伯鬍子刮好了，下樓給你們買可樂喝。」

同學們擠在我房間，七嘴八舌的繞著爸爸的刺青說話：

「陳大樂，你爸爸刺那個一定很痛！」胡有福說。

「我不知道。也許吧！」我說。

「我爸爸那天開車和一部計程車擦撞，被幾個計程車司機打得半死。我告訴我爸爸，我有個同學的爸爸是流氓，他身上刺很多龍。我跟我爸爸說，我可以叫我同學叫他爸爸去揍那些計程車司機。那些司機看到你爸爸的刺青，一定會嚇得發抖。」林淳洋說。

「叫你爸爸也去刺青好了，以後就沒人敢揍他了。」我瞪了他一眼。

「我爸爸是公務員，他才不會去刺這個，會被開除的！」林淳洋說。

我心裡很不高興，可是我沒有表現出來。你爸爸被人家揍，為什麼要我爸爸去做犯法的事？

我走到客廳，小聲的告訴爸爸：「阿爸，不要買可樂了，他們一下子就要走了。」

爸爸「喔」了一聲，沒說什麼，繼續刮他的鬍子。

我決定再也不帶同學回家了，免得他們看見爸爸的「花襯衫」，又到學校傳得滿天飛。

5. 酒的滋味

爸爸喝酒完全不需要理由。他高興時喝酒慶祝；生氣時喝酒消氣；鬱卒時喝酒解悶；飯前喝酒開胃；飯後喝酒助消化……

有一天放學，發現家裡好熱鬧，原來爸爸找來一群朋友，在廚房喝酒。他們划酒拳的聲音很大聲，一定從窗口傳到整條巷子去了。

放下書包後，我一直躲在房間裡，因為我討厭也害怕看到爸爸喝醉酒的樣子。媽媽和阿弟去了哪裡？為什麼留我一個人在家？

「阿樂仔，過來。」

爸爸喝醉了，他的聲音聽起來東倒西歪的。我的心跳加速，害怕得一步也邁不開。爸爸見我遲遲不去，吼了起來：

「樂仔，我叫你來，你是臭耳聾了是不是啊！」

逃不掉了，我只好走到廚房。爸爸和其他四個人喝得滿臉通紅，桌上杯盤狼藉，地板也弄得髒兮兮。

「過來！」爸爸叫著。

我走過去。

「叫阿爸！」

我怯怯的叫了一聲：「阿爸！」

爸爸指著自己的臉頰說：「親阿爸一下！」

我為難的站在原地。爸爸每次都這樣，喝醉酒就要我親他的臉。爸爸的臉都是酒味，臭死了，我不要親；何況我已經四年級了，這樣親來親去很噁心！

「你不要親……阿爸是不是？好，那……你要乾三杯，我……我就放你走……」爸爸把他面前一杯澄黃色的酒端起來又重重的放下，酒濺得到處都是。

「臣仔，不要這樣啦！孩子這麼小，喝酒不好啦！」有個長得很壯的叔叔說話了，他幫我把酒杯推開。

「什麼小？要從小訓練你懂不懂？要不然以後當董事長了怎

麼……跟人交際應酬？來，喝！快喝！」

我依然動也沒動一下，可是眼淚卻流下來了。

「哭什麼？男孩子不准哭，我叫你喝你就給我喝，哭也要喝！」爸爸繼續吼著。

「你爸爸喝醉了，你就喝一口，然後去做功課。」壯叔叔把酒杯遞到我眼前，就著我的唇。我喝了一口，差點吐出來：「好苦，好辣啊！」

我拔腿就想跑，卻被爸爸一把拉住：

「猴囡仔，你給我回來喝完它！」

壯叔叔站起來，拉開爸爸抓住我手臂的手：「臣仔，你給我拜

託一下，你這個爸爸這樣當的？你嚇壞孩子了啦！」

「別叫我臣仔，都是你們叫到倒楣，我才當不了皇帝……別再叫我臣仔……」

壯叔叔推了我一把，叫我趕快進房間去。

「我……我這個爸爸當假的啊！我是一家之主，我講什麼是什麼……死囝仔……不把我放在眼裡，看我怎麼修理他……」

爸爸發酒瘋了，我沒有進房間，免得又被爸爸拖出來喝酒。我跑到樓下，坐在樓梯的臺階上，心裡想：也許媽媽一會兒就回來了。

嘴裡的酒變成一種酸酸的味道，讓人很難受。

等了一個半小時，媽媽和阿弟終於回來了。我把爸爸叫我喝酒的事告訴媽媽，叫媽媽以後別把我一個人留在家裡。媽媽聽了立即跑上樓，臉色很難看的把爸爸的朋友都趕出去。爸爸的朋友走了之後，爸爸又打了媽媽一頓，說媽媽一點面子也不給他，把他的朋友趕走，叫他以後要怎麼做人？還要跟人家混什麼？

「你自己太不像話了，你八百年前就失去你的面子了。樂仔這麼小，你叫他喝酒？你有做爸爸的樣子嗎？你啊，了然啦！」

爸爸吼叫著，叫我們都滾遠一點，說他看到我們就心煩。我默默的帶阿弟回房間睡覺，嘴裡的酒味卻久久不散。

6. 都是酒惹的禍

媽媽的梳妝臺上有兩道深深的菜刀切痕。我永遠也忘不了那晚的情形。

那天晚上，睡覺前，我覺得口渴，到廚房喝水。爸爸坐在餐桌前喝「悶酒」——我說他喝悶酒是有道理的，因為爸爸皺著眉頭，兩邊的嘴角彎垂著，那是他要發脾氣前的表情。爸爸臉上的表情變化不大，就只有那一千零兩種表情：贏錢的時候，嘴角上揚，像一艘船；輸錢的時候，嘴角下垂，像船翻了，這也意味著我們全家人的日子就要不好過了。

爸爸是個用情緒來生活的人。老師說過，每個人的喜、怒、哀、樂都有一個閘口在控制，這樣我們才能適時的克制怒氣和快樂，才不會因此樂極生悲，或者因為太憤怒而導致腦中風什麼的。我想，爸爸心中那道情緒的閘門，一定是壞掉了，才會放任他的情緒像野狗那樣，四處傷人。

我喝完水正要進房，爸爸忽然重重的拍一下桌子，嚇了我一大跳。回頭看爸爸，他紅著臉，一臉憤怒，喃喃自語的不知道罵著什麼。我趕緊閃進房裡，上床睡覺。

不知道過了多久，媽媽忽然慌張尖叫的跑進我們房裡，用力把我們搖醒：

「快點起來，跟我走。你爸爸喝醉了，拿著菜刀到處亂砍。」

我糊里糊塗的不知道發生了什麼事。媽媽用力的打著我的臉頰，我才聽清楚媽媽的話，爸爸拿刀亂砍。我全身開始害怕的顫抖起來，阿弟也是。媽媽要我們先出去，在樓下等她。

爸爸手上握著菜刀，眼睛布滿血絲，看見我們，馬上大聲吼：

「你這個瘋查某要把我兒子帶到哪裡去？你敢帶走他們，我今天不會放過你！」

我和阿弟趕緊躲回房間，然後從門縫裡偷看。我看見媽媽逃回他們房間，正要關上門，卻被爸爸一把推開。爸爸跌跌撞撞的撲到

梳妝臺前，高舉菜刀，用力的往梳妝臺砍下去，連砍兩下。媽媽顧不得穿鞋就衝出房間，跑出屋外。

爸爸又罵了幾句，就倒在床上睡著了。沒多久，爸爸就發出好大的鼾聲。我走進爸媽的房間，撿起菜刀，走到廚房，把廚房裡所有的刀子，包括刨刀，都藏在洗衣機裡。這樣一來，爸爸就找不到刀了。

我叫阿弟進房間睡覺，我要出去找媽媽，告訴她爸爸睡著了，可以回家了。馬路上有很多玻璃碎片，我擔心媽媽的腳會受傷。可是阿弟膽子小，不敢一個人待在家裡，我只好帶著他到樓下。

我們帶著媽媽的拖鞋，找了兩條巷子，終於看見媽媽。她蹲在

一部紅色汽車後面，雙手縮在胸前。我走過去輕輕的叫了聲：「媽媽。」

媽媽抬起頭。我看見媽媽臉上爬滿淚水。媽媽真的好可憐，要等到什麼時候，爸爸才會改變，不再對媽媽這麼壞呢？

第二天，爸爸醒來，和我們坐在餐桌上吃早餐，好像沒發生昨天那件事一樣。媽媽心裡還有氣，一句話也不和爸爸說。

「快吃，吃飽了爸爸載你們去上學。」爸爸對我們說。

我和阿弟坐在機車後座，一路上看見好多同學，他們都露出驚訝又羨慕的眼光。

如果世界上沒有人發明酒這個東西，那麼爸爸就會一直像今天這樣清醒，那該有多好啊！

酒是怎麼發明出來的呢？大舅舅說，很久很久以前有一個農夫，他每天都很勤快的到田裡耕作，日出而作，日落而息。有一天他耕作回來，吃飯吃到一半，因為實在太累了，等不及將嘴裡的飯吞下去就睡著了。第二天農夫醒來，發現口腔裡的米飯芳香四溢，原來是人的唾液有發酵的作用。於是，農夫就發明了釀酒的方法。

唉！那個農夫如果知道在很久以後，他發明的酒害了很多人、很多的家庭，他一定也會後悔。

酒真的是很不好的東西，李白不就是因為喝醉酒腦子不清楚了，跳到湖裡要撈月，才淹死的嗎？

又. 爸爸去開計程車

爸爸終於很規矩的租了一部計程車，開始做起生意。對於爸爸的改變，我們都很高興，以為真正的好日子就要來了。

但是，才兩個禮拜，他又原形畢露，常常把計程車停在廟旁，跑到廟前廣場打牌賭錢。要不就一天到晚抱著電話，研究一串又一串的數字，簽賭六合彩。

星期天，天氣好晴朗。爸爸突然心血來潮，說要載我們到陽明山玩，我和阿弟都好高興。媽媽並不想去，可是為了不掃我們的

興，還是打起精神，準備一些水果和零食，就上路了。

爸爸在車上一直抽菸，我的胃開始覺得不舒服，胸口也悶悶的。

車子開了二十多分鐘，阿弟就說他不舒服，頭痛想吐。我和媽媽趕緊找塑膠袋，免得阿弟吐在車上。可是當媽媽手忙腳亂的倒出裝滿橘子的塑膠袋時，阿弟已經忍不住嘩啦啦的吐了一車，椅墊上也沾滿阿弟的嘔吐物。車上散發濃濃的酸臭味。

爸爸把車子靠邊停下，轉過頭來破口大罵：

「你在搞什麼啊！把車子弄成這樣，晚上我要怎麼交班哪！早知道這樣就不帶你們出來了。真是自找麻煩。你知道這要花多少錢

來清洗嗎？搞什麼啊！」

「你罵夠了沒有？孩子不舒服怎麼忍得住啊！都是你在車上抽菸，空氣那麼差才會暈車！」媽媽一邊擦著阿弟身上的髒東西一邊說。

「都是你，拿個塑膠袋也慢吞吞的，我看以後在他脖子上掛個水桶好了。」爸爸一路罵個不停，直到把車子開到一家汽車美容中心為止。

車子必須清洗內部以及椅墊。爸爸生氣的叫我們快滾，免得見了我們心更煩。

我們和媽媽坐另一部計程車回家。在車上，我們心情都很不好，一句話也沒有說。好好的一個星期天，就這樣糟蹋了。

我一點也不怪阿弟吐，因為當時我也暈車了，暈車是很難受的一件事。也許爸爸從來沒有暈過車，所以他一點也不知道暈車的痛苦。車子髒了，洗了就會乾淨了；可是爸爸不知道我們受傷的心，卻不是那麼快就會復原。

爸爸開計程車已經快一個月了。有一天，計程車行的老闆打電話來，說爸爸欠了半個月的車租沒繳，要媽媽趕緊去繳。

爸爸回來後，媽媽面無表情的對他說，車行催他去繳車租，否則，要把車子收回去。

爸爸劈頭就吼：「都是你，一天到晚裝出那一副苦瓜臉，才讓

我這麼倒楣！」

後來爸爸因為沒錢繳給車行，計程車被車行收回去，還欠了車行幾萬塊。

沒多久，法院寄來一張傳單，要爸爸上法庭。

爸爸又失業了，他又回復到以前偷媽媽的錢去賭博的日子。

8. 歹竹好筍比爸爸

傍晚，我幫媽媽買醬油回來，正要開門，卻聽到住在五樓的陳禮賢和他媽媽在門口說話：

「我去問阿樂幾題數學就回來。」

「你打電話去問就好了，不要去他們家。他爸爸是流氓，會放其他的流氓到屋子裡去，你會被關在他們家出不來，說不定他爸爸會把你抓去賣掉。」

「不會啦！他爸爸對我很好！上回我去他家他還說要請我喝可

樂。這題很難，我問過其他同學了，他們都不會。阿樂是班長，他一定會的。

「你什麼時候到他家去的？怎麼沒有跟我講？你要聽話！叫你不要去就不要再去了，聽懂沒有？這題數學等你爸回來再教你。」

門「砰」的一聲關上。

我的心好痛，開始覺得爸爸好討厭，為什麼他會是我的爸爸？他為什麼不能像別人的爸爸那樣有個正常的工作，而要待在家裡用媽媽的錢？他為什麼都不好好的走路，一定要這樣駝著背、拖著腳跟走？他為什麼不像別人的爸爸那樣剪個整齊的頭髮，而要這樣披頭散髮的？他為什麼一定要在身上刺青，讓全世界的人都知道他是個流氓？

為了不讓別人看不起我，我拚命的用功讀書，得第一名，當班長，就是因為我不想再聽到「他爸爸是流氓，兒子也好不到哪裡去」這樣的話。

外婆每次到家裡作客，總會摸著我的頭說：

「真是歹竹出好筍！」

陳禮賢有一個叫人羨慕的家庭，他的爸爸對她媽媽說話都輕聲細語的，星期天還一起到市場買菜。到了假日，他的爸爸就會開車載他們去烤肉、露營。放暑假還坐飛機到日本迪士尼樂園玩。

愈羨慕陳禮賢，就愈覺得自己很倒楣。

真不知道，天使們在替這麼多孩子選擇家庭的時候，是用什麼來做標準？也許就像抽籤那樣，得要有點好運氣才行！他們也許會這樣說：

「去吧！好與壞都是你們的命！」

今天早上，我、阿弟和陳禮賢一起下樓要去學校，忽然聽見禮賢的爸爸在五樓陽臺上扯著喉嚨大叫：

「禮賢啊！你的尿。」

陳禮賢的臉一下子垮了下來，連聲抱怨著：「哎喲！爸爸最討厭了，每次都要這樣大聲叫。」

昨天，老師發給每個人一個小瓶子，要大家回家後尿在小瓶子裡，第二天帶到學校，要做身體檢查。

我早上就尿好了，瓶子在書包裡。

陳禮賢紅著臉，氣得臉頰鼓鼓的。我知道他覺得很丟臉，因為就連隔壁那條街的住家都知道他的尿尿小瓶忘了拿。

禮賢的爸爸穿著拖鞋從五樓跑下來，氣喘吁吁的把小尿瓶遞給他，用一種充滿關愛的語氣說：

「拿著，收好啊！」

「你幹麼叫這麼大聲！很丟臉哪！」陳禮賢一臉不高興，一把抓過小尿瓶氣呼呼的走了。陳爸爸站在原地，撓撓頭很不好意思的看著陳禮賢離去的背影。

我一點也不覺得丟臉，我覺得陳禮賢好幸福，有這樣的爸爸。

我想起上個月發生的一件事。那天因為睡過頭，匆匆忙忙的出門，美勞作品忘了拿，打電話回家請媽媽替我送一下。媽媽說她有兩個客人正在燙頭髮，走不開，我聽到她在電話那端對爸爸說：

「臣仔，阿樂昨天用紙黏土做的那隻鳥忘記帶了，下午上課要交，你幫他送一下。」

「這個掉了，那個忘了，你問他腦袋怎麼沒掉？叫他跟老師說，明天交也是一樣，誰有那麼多時間每天替他們送東西的啊！」

「你閒著也沒事，就送一下嘛！阿樂是班長，沒帶作品去不好看啊！」媽媽的口氣不太好。

「誰說我閒著沒事？我和阿狗約好了。要出門去了啦！給我五千塊！」

「哐啷」一聲，聽得出是電話被重重摔下撞牆的聲音。

「你這個沒路用的，我一毛錢也不會給你！你敢動我的抽屜你就試試看……你敢……鏘——砰——」

我掛掉電話，一種想哭的感覺湧上心頭。爸爸一定去開媽媽放錢的那個抽屜，媽媽為了不讓爸爸把錢拿走，兩個人一定又在客人面前大打出手了。

上課鈴聲剛響完，媽媽帶著我的美勞作品氣喘吁吁的出現在教室門口。她遞給我的時候，我看見她的右手手背上有兩道長長的血痕。

看著媽媽離去的背影，我心裡真是恨透了爸爸。

許多大人都會拿別家的孩子和自己的孩子做比較，爸爸也喜歡拿我們和別人家的孩子做比較。我們在學校的表現，一點也不會丟他的臉。可是爸爸一定不知道，我們也會拿別人家的爸爸、媽媽和自己的爸爸、媽媽做比較；只要比到爸爸，我們就輸了。

9. 別人的爸爸

我喜歡溫美和的爸爸。她的爸爸是一個農夫，有好多田地，種了稻穀、花生還有玉米。當這些作物成熟的時候，溫伯父就會用機車載一大籮筐熱騰騰的玉米和花生來請客。他笑起來很大聲，笑聲很爽朗很好聽。有時候我也會傻傻的想，如果我的爸爸也是一個農夫，那該有多好啊！

不是每個同學的爸爸都是好爸爸。像吳永正的爸爸，經常蹺班喝酒，後來聽說被開除了，現在沒有工作，全家靠他媽媽在市場賣

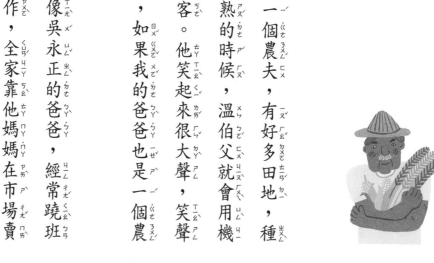

菜過日子。

我的爸爸雖然是流氓，但是，我還有一個好媽媽。有人更倒楣，不但有個很壞的爸爸，連個好媽媽也沒有，他就是隔壁班的吳文進。吳文進的爸爸和媽媽都會打他，常常把他打得全身都是傷。吳文進經常不來學校上課。吳永正說，有一天晚上，他看見吳文進睡在廟裡，可能是怕挨打不敢回家。

吳文進是學校出名的小流氓，只要他看誰不順眼，就會找機會揍他一頓。遠遠的看見吳文進迎面走來，我都會害怕的趕緊躲開。有一次，我和他擦身而過，不小心看了他一眼，他就往我臉上揮來一個拳頭，揍得我流鼻血。

「你看什麼看？別以為你爸爸是流氓，我就不敢揍你！」

我用衛生紙塞住鼻孔，自己回教室去。吳老師問我是怎麼回事？我說是自己不小心撞到樹幹的。我不敢說實話，吳文進是個小流氓，我不想惹他。

還有，胡有福有一個「一個月爸爸」，就是一個月才見一次面的爸爸。有一次，他的爸爸和媽媽到學校來搶奪胡有福，兩個人還大打出手。同學們邊看邊笑，只有我笑不出來，因為我了解胡有福的心情。我非常痛恨看見別人打架，每當看見別人打架，我都會有種想哭的衝動。我不敢把這樣的心情說給別人聽，因為別人一定會笑我，說我膽小又懦弱。

10. 爸爸吃檳榔的請站起來

第一節課上課前，老師說要先做個關於爸爸的小小調查。

「爸爸抽菸的請站起來。」老師說。

我站了起來。一共有十幾個同學站起來。老師數數人數，用筆記下來。

「爸爸吃檳榔的請站起來。」老師又問。

我又站起來，這次只有三個人。老師用筆記下來。

「爸爸喝酒的請站起來。」老師再問，她的視線在我臉上停了

兩秒鐘。我猶豫了一下，還是慢慢的站起來。我紅著臉，因為全班只有我一個人站著。老師又用筆記下來。我覺得很難為情，像一隻無毛雞，光著身子讓大家觀賞。

我偷偷瞄了一眼吳永正，他低著頭不敢看我，因為他說謊。他爸爸有一次在廟旁那個賣海鮮的攤子上喝得醉醺醺的，還不斷的大聲吵鬧。我是班長，得有些風度，我沒有對任何人揭穿吳永正的謊言。

「抽菸、喝酒、吃檳榔都是很不好的習慣。抽菸會得肺癌，吃檳榔會得口腔癌，喝酒會得肝癌。為了爸爸的健康，回去勸勸爸爸把這些壞習慣戒掉。好，陳大樂你坐下來。」

下課後，許多同學竊竊私語：「我媽說大樂他爸爸是流氓，每天都在廟口賭博，輸了很多錢。」

「他爸爸和媽媽還經常打架，有一次還打到大馬路上。我親眼看到的。」

「我媽媽說，他爸爸殺過人！好可怕！」

「他爸爸身上有刺青。」

他們的竊竊私語說得那麼大聲，好像故意要讓我聽到一樣。我假裝上廁所走出去，到隔壁班教室前的那個洗手臺洗臉，希望沒有人發現我的眼睛紅紅的。

中午吃過午飯，我在洗手臺洗便當盒。吳老師走過來站在我身

旁，扭開水龍頭洗手。

「陳大樂，你爸爸是做什麼的？」吳老師問。

我怔了一下。我爸爸是做什麼的？我該怎麼說呢？全班同學都知道我爸爸什麼工作也沒有，如果隨便說一個職業，老師很快就知

道我在說謊。一個一天到晚抽菸、喝酒、吃檳榔的爸爸，會有怎樣的工作呢？我總不能說我爸爸是個無業遊民或者是個流氓吧！

我看著吳老師，吳老師正用一種詢問的、等著我回答的眼神看著我。

「我爸爸……他……還在找工作，很快……就會找到了。」我心虛的、結結巴巴的說。

吳老師聽完，沒說什麼，拍拍我的肩膀就走了。

她可能發現我在說謊了。一定是。

11. 我愛爸爸嗎？

晚上，吃過晚飯，爸爸坐在沙發上，邊抽菸邊看電視。媽媽坐在爸爸斜角的沙發上看報紙，爸爸的煙霧一直往媽媽臉上的方向飄去。

阿弟看著爸爸，觀察著那陣陣白煙，終於忍不住對爸爸說：

「爸爸，你的煙一直飄到媽媽那裡，媽媽吸到二手煙，會得肺癌！」

「你說什麼？」爸爸眼睛睜得圓大，沒好氣的說：「叫你媽媽到那邊去坐。這樣就吸不到了。」

我把今天老師做調查的事告訴爸爸，並告訴他老師說這些壞習慣對身體不好，還告訴他老師想知道他從事什麼樣的工作。爸爸聽完，就像沙發上突然有根針刺了他的屁股一般，氣急敗壞的從椅子上彈跳起來：

「這是什麼調查？你們老師叫什麼名字？怎麼問這樣的問題！他會不會當老師啊！我做什麼工作，干他什麼事啊！」

我被爸爸的反應嚇一大跳，沒想到他會這麼生氣。

「說啊！你們老師叫什麼名字？我明天去找他問清楚。」

我抿著嘴不敢說，害怕爸爸明天到學校去揍老師。

爸爸火冒三丈了：「阿弟，你說，哥哥的老師叫什麼名字？」

「叫吳麗玲。」阿弟也嚇壞了。

「你這麼凶幹什麼？老師說的也是事實。是你自己沒形象，讓阿樂仔沒面子，阿樂仔是班長！嚇！你倒凶得很。」媽媽站出來為我說話。

爸爸很生氣的把菸熄掉。

「做老師的也不能這樣做啊！她要顧及到孩子的自尊嘛！是不是？阿樂仔，叫你們老師明天小心一點，不給她一點顏色瞧瞧，她不知道怎麼當老師！」

「爸，你不可以到學校去啦！」我急得快要哭出來了。

真不敢想像爸爸到學校去吵鬧又揍老師的情形。上學期，隔壁班有個老師用竹板體罰學生，打了那個學生兩下屁股，還罰他站在走廊。第二天，學生的父親怒氣沖沖的跑到學校來找老師理論，踢翻桌椅，還說要揍老師。從此老師不再管他，也不敢管他了，就放任他愛怎麼樣就怎樣。我不要變成那樣！

媽媽過來摟著我，轉過頭對爸爸說：「阿樂仔是班長，你不要

亂來！我告訴你。」

「明天。叫你們老師等著瞧好了。」爸爸丟下這句話後氣呼呼的甩門出去了。

「媽，怎麼辦？」我的眼淚不爭氣的滾下來。

「你放心好了，你爸不會去的。他剛剛是故意找臺階下，爸爸嘛！你們老師做這樣的調查，讓他覺得在你面前丟了面子，才會這麼生氣。」

「爸爸真的不會去嗎？」阿弟很擔心的說。「他會不會順便也去揍我們老師一下？」

「不會。他膽子小又愛面子，他這一去，不就是去向你們老師

說：『看吧！我就是那個又抽菸、又吃檳榔、又會喝酒的陳大樂的爸爸。』媽媽跟你保證，明天安心上課。爸爸真的不會去的。」

媽媽的話讓我放心不少，但是還是有點不放心。那天晚上，我睡得很不安穩……

第二天上午，上第二節課的時候，我忽然看見爸爸手裡拿著一把長刀，怒氣沖沖的往我的教室快步走來。我嚇得跳起來大叫：

「吳老師你快走，我爸爸要來殺你了。」

我擋在教室門口，不讓爸爸進教室；爸爸卻跳窗進去，把所有的桌子都砍成兩半——我在夢裡哭醒了。真是可怕的夢啊！還好只是夢而已。

第二天，我根本無心聽課，一直往窗外張望，心裡真擔心爸爸會出現。還好，一直到下午最後一節課，爸爸都沒有來，我才鬆了一口氣。

回家的路上，我一直想著，今年的作文「我的爸爸」該怎麼寫呢？每年父親節都要寫一篇我的爸爸。去年我是怎麼寫的？怎麼忘記了呢？要不，修修改改後也是可以交差的。

爸爸到底愛不愛我和阿弟？應該是愛的，只是他不會表達罷了。可是，世界上怎麼可能會有不會表達愛的人呢？媽媽關心我們，噓寒問暖也是愛的表現啊！也許爸爸會覺得那樣很肉麻，所以把愛放在心裡面。可是他可以用行動來表示啊！他可以在假日的時候陪我們打球、烤肉。可是，爸爸沒有這樣做，打從我有記憶以來，一次也沒有。

來到廟口，廟裡正在演歌仔戲，鑼鼓喧天的。我從人群中一眼就看見爸爸了。爸爸的長相其實挺特別的：瘦瘦扁扁的身材，頭髮

有點捲捲的，經常一兩天沒刮鬍子，嘴角邊老是青青綠綠的。爸爸菸不離手，嘴裡一定咬顆檳榔。廟前的廣場上那一灘灘暗紅色的檳榔汁，有一半以上都是爸爸吐的吧！

「阿樂仔。」

爸爸看見我了，我聽見他叫我的聲音。我裝作沒聽見，自顧自的走回家。

我丟給自己一個問題：我愛爸爸嗎？

這個問題卻比父親節的作文題目更難。我想了好久：我愛爸爸嗎？

我不知道，我真的不知道。

12. 如果我當了爸爸

我擔心的事終於還是發生了。父親節前夕的那堂作文課，老師要我們寫的作文題目是：我的爸爸。

當同學們開始埋頭寫作文的時候，我悄悄的走到老師身邊，很小聲的問：

「老師，我可以寫『如果我當了爸爸』嗎？」

老師點點頭，沒多說什麼。我從老師的眼神裡發現，老師好像什麼都知道，包括爸爸是個流氓這件事。

「有一天，我會長大，我會和一個我很喜歡的女孩子結婚，我們會有自己的孩子。到那時候，我就當爸爸了。

如果我有一個兒子，我會陪他到中正紀念堂廣場或者住家附近的公園去溜冰，或者教他如何騎腳踏車，就像我在公園裡看到的那樣。

如果我有一個女兒，我會讓她留一頭長長的秀髮，就像我們班上的何惠真，每天綁著兩條辮子來上學，看起來乾乾淨淨、清清爽爽。我的太太一定也會綁辮子，也許我也可以學綁辮子，那麼在我太太忙著弄早餐的時候，我就可以幫我的女兒綁辮子。

如果我當了爸爸，我會找一個正當的工作，每個月有固定的錢交給他們的媽媽，這樣他們的媽媽就不會太辛苦。

到了星期天，我會開車載他們去溪邊烤肉，到海邊看夕陽，到陽明山健行，或者到玩具反斗城買玩具。當然，我得先學會開車才行。萬一，我的孩子在路上暈車，在我的車上吐了，我一定不會生氣。我會把車子送到美容中心清洗，然後我們一家人坐計程車去玩。我會要求司機把車窗搖下，讓清新的空氣在車內流通，這樣，我的孩子就不會暈車了。

如果我當了爸爸，我一定會像陳禮賢的爸爸那樣，講話輕聲細語的，在禮拜天的早上陪太太到市場去買菜，如果孩子們要去也可以。一家人到市場買菜，一定是一件很有趣的事。

CAFÉ
BOOK

如果我當了爸爸，我一定要讓我的家裡每天都充滿了笑聲。我的孩子每天都願意把在學校發生的大大小小的事情說出來和我們分享。當他們遇到挫折的時候，我會說一些鼓勵的話來安慰他們。就像媽媽時常安慰、鼓勵我們那樣。」

寫完作文，我覺得好幸福。可是我又想，如果以後我的孩子問我關於他們爺爺的事，我該怎麼說呢？我想了很久，還是不知道怎麼回答這個問題。

13. 媽媽離家出走時

放學回家，看見媽媽在收拾行李。我著急的問：

「媽媽，你要去哪裡？」

媽媽回過身握著我的手說：「樂仔，媽媽要回外婆家住幾天，這幾天你要照顧自己也要照顧顧阿弟。知道嗎？」

我擔心的事終於來了，媽媽終於被爸爸打跑了。「媽媽，連你也不要我們了嗎？」

「你爸真是讓我傷透了心。我只是回去住幾天，一兩個禮拜就

回來了。」

「可是爸爸都不回家，我們自己在家會怕。」

「你不要怕，有什麼事打電話到外婆家給我。」

「媽——」

「我只是要證明他根本沒有本事照顧好你們兩兄弟。這些天你要忍耐，好不好？等你爸爸投降了，就會答應離婚。我跟他離婚後，就會帶你和阿弟到別的地方住。你和阿弟是媽媽的心肝，媽媽不會不要你們的。相信媽媽，好不好？」

我無奈的點點頭。

媽媽煮好晚餐後，就提著包包走了。

「哥哥，我們會不會變成孤兒啊！你看，媽媽走了，爸爸也不回來。沒有人要我們了。」阿弟說。

「不會的！媽媽很快就會回來。」

門口傳來鑰匙插進鎖孔的聲音，是爸爸回來了。他走進廚房，拿了碗筷添了飯，開始吃了起來。飯桌上的氣氛很怪，好像是有客人在餐桌上一起用餐一樣。爸爸直到添了第二碗飯，才發現媽媽不見了。

「媽媽呢？不在家嗎？」

「她回外婆家，不要我們了。」阿弟說。

爸爸一陣遲疑，繼續將碗裡的飯用筷子扒進嘴裡，嘖嘖有聲的嚼著。

「爸爸，老師說明天要交運動服的錢。」阿弟說。

「你怎麼沒找媽媽要？」

「媽媽走了，她叫我跟你要。」

「多少錢？」

「五百。」

「爸，我明天也要交班費兩百塊。」我說。

爸爸放下碗筷，從皮夾裡抽出七百塊，交給我和阿弟。我看到

爸爸的皮夾裡剩下一百五十塊。爸爸沒有錢了，媽媽又不在家，明天我們怎麼辦？

「爸爸，你明天、後天、大後天、大大後天，可不可以晚上都在家啊！媽媽不在，我們會害怕！」阿弟怯怯的對爸爸說。

「在自己家有什麼好怕的？哥哥也在家啊！哥哥會保護你。阿樂仔，對不對啊！」爸爸用他的手肘碰碰我的手肘說。

「我……我也會害怕……」

「真沒用！你媽平常是怎麼教你們的？這麼膽小。你媽說什麼時候回來？」

「媽沒說。爸爸……」我欲言又止。

爸爸一臉不耐煩的轉頭看我：「還有什麼事？」

我本來想說：可不可以不要再打媽媽，這樣媽媽就不會離家出走了。可是話到喉頭又給嚥回去了。爸爸的眼神讓我感到害怕。

「沒……沒什麼事啦！」

爸爸瞪我一眼，繼續吃飯。

我努力的想找話題和爸爸說話，好打破飯桌上的沉默。想到今天在班上提名模範生的事情，我被提名，卻差兩票落選了。但是，話到嘴邊，我又吞回去了。我決定把這項挫折收藏起來，因為我突然覺得，即使跟爸爸說了，也等於沒說吧！爸爸可能會嘲笑我：

「怎麼這麼沒路用！」

也許可以跟爸爸說體育課那件事。上體育課的時候，陳禮賢從鞦韆上摔下來，膝蓋摔了一個大洞，流了好多血。他爸爸很快就到學校來，帶他到醫院去。

我嚥下一口飯後，對爸爸說了這件事。

爸爸表情冷冷的說：

「別人的事管那麼多做什麼？你自己小心一點不要摔破頭殼就好了。」

我什麼也不想說了。

唉！吃飯吧！

老師說，即使是一家人，也是需要培養感情的。我們和爸爸一直沒有機會培養感情，所以我們之間，有點陌生，有點害怕，也有點距離。

電視上有個汽車廣告這樣說：

「我是做了爸爸之後，才開始學做爸爸的。」

馬英九叔叔也說：「沒有人天生會做爸爸，做爸爸也是要學習的。」

爸爸一定經常忘記他是兩個孩子的爸爸吧！

沒有媽媽的家好空洞。爸爸每天都叫我們吃便當，有時候他甚至兩三天沒回來，我和阿弟都希望媽媽趕快回來。

14. 進賭場

禮拜六上午，爸爸騎機車載著我和阿弟，說要帶我們去吃飯，卻把機車騎進一條小路。爸爸把機車停在一間水泥平房前的水泥地上。那裡停了好多車子，有兩個和爸爸差不多年紀的男人坐在機車上抽菸。

其中一個笑嘻嘻的對爸爸說：「怎麼？帶兒子來見習？」

「這是我的福星！今天就看我的啦。」

我們跟著爸爸進屋。那是一棟很普通的平房，客廳好大，三張

圓桌擠滿了圍觀的人，鬧哄哄的。爸爸指指角落的幾張藤椅，要我們去那裡坐下，並吩咐我們乖乖的不要吵鬧後，就擠進其中一張圓桌，雙手插進褲袋裡站著看。

我和阿弟像傻瓜一樣坐在藤椅上，無聊的不知道做什麼好。

「哥，他們在賭博！」阿弟說。

用膝蓋想也知道。電視上也常常演這樣賭博的戲。

「噓！小聲一點，如果被輸錢的人聽到，你就要倒楣了。」我警告阿弟。

有個女的用盤子端出好多啤酒，給圍在圓桌那邊的人喝。爸爸沒多久就坐下了。我看見他的腳在圓桌底下一直抖著。

那個女的拿著空的拖盤，經過我們面前時說：「你爸爸實在不應該帶你們來這個地方。」

沒多久，她拿出兩瓶黑松汽水給我們喝，還有一包可口乃滋和豆腐干。我沒有吃那些東西，我覺得我必須保持清醒，提防爸爸輸錢的時候，把阿弟賣掉。何況媽媽說過不可隨便吃陌生人的東西。

她還遞給阿弟一個髒髒黑黑的小叮噹布偶，布偶的肚子上還有一個破洞。我叫阿弟不可以隨便拿陌生人的東西，可是阿弟還是收下，並且把它抱在胸前。有時候，我真的很氣阿弟，怎麼那麼不爭氣，老是隨便拿別人的東西。

我們無聊了很久，不知不覺在椅子上睡著了。醒來的時候天已經黑了。我的肚子餓死了，我們中午根本沒有吃飯，現在才會餓得這麼厲害。

阿弟坐在旁邊哭，說他肚子痛，可能是太餓的關係。我走向爸爸，扯扯他的袖子。爸爸看我一眼問：

「什麼事？」

「我和阿弟肚子好餓。」

「等一下，我現在手氣正好！別吵。大姐啊！你在幹什麼啊！居然讓我的兩個福星餓肚子。去去去，那個阿姨會弄東西給你們吃。」

爸爸從褲口袋裡掏出一疊千元鈔票塞給我，說：「拿去，吃

紅！」

我和阿弟輪流數著那疊鈔票，一共是一萬八千元。好多錢啊！

我和阿弟決定把錢交給媽媽繳房租，一萬二的房租，還有剩哩！有了這些錢，媽媽就可以不用這麼辛苦了。我把錢放在褲子口袋裡，可是褲子口袋太淺了，錢露出一大半。怎麼辦呢？

「哥，我們把錢塞到小叮噹的肚子裡。」阿弟指著小叮噹布偶肚皮上的破洞小聲的說。

嘿，這真是個好方法。

我把錢塞得很裡面，藏在棉絮裡，不會有人發覺的。我和阿弟很安心的面對面笑了起來。

沒多久，那個女的端了兩碗泡麵出來。我餓死了，麵還沒泡軟，就被我吃光了。

吃完泡麵，我和阿弟就把藤椅當床睡了一夜。我跌到地上好幾次，模模糊糊中看見爸爸還坐在原來的位置上賭博；可是我真的太睏了，很快就又睡著了。第二天早上醒來，我和阿弟全身都痠痛得不得了。

一直到快接近中午的時候，爸爸才用機車載我們回家。路上，爸爸發現阿弟手上抱著那個小叮噹布偶，一把搶過來就往草叢邊那條大水溝扔去。我和阿弟都叫了出來。來不及了，小叮噹布偶在髒水上漂浮著。

「沒出息，這麼髒的布偶也當寶貝那樣抱著。等一下阿爸買新的給你。」

我和阿弟沒敢多說一句話。好可惜！一萬八！

媽媽一個禮拜後就回家了。因為我打電話告訴她，沒有瓦斯了，我們已經三天沒有洗澡。還有，我們沒有內褲可以換了。我還告訴媽媽，阿弟每天放學回家以後，就一直看電視，看得眼睛都發直，爸爸都不管他。我叫他去寫功課，他也不理我。還有，爸爸還帶我們去賭場看人家賭錢，又叫我們在沙發上睡了一夜。

媽媽回來的時候，眼睛紅紅的，我猜，她是一路哭著回來的。

後來，我們把小叮噹布偶肚子裡藏錢的事情告訴媽媽。媽媽說，從不正當管道得來的錢，是留不住的，千萬不要覺得可惜。那錢註定不屬於我們，所以才會沉入黑水溝裡。

爸爸後來都沒有問起那一萬八千塊哪裡去了。那天爸爸一定是喝醉了，所以，什麼事也記不得。

15. 星星的見證

中秋節前夕，老師說今年的中秋夜可以觀賞到月全蝕的奇景，希望我們能做一份觀察紀錄，因為月全蝕發生在中秋夜是相當難得的。老師說，交報告的人會有特別的獎勵。

吃晚飯的時候，我把這件事告訴媽媽，問她可不可以陪我做紀錄？媽媽說，她今天燙了好多頭髮，站了一整天，有點累，恐怕撐不下去。

「一定要做這個紀錄嗎？」媽媽問。

「老師說距離下一個中秋夜的月全蝕，要等到西元二〇六一年！」

「什麼東西要等到二〇六一年？」爸爸問。

「中秋節發生月全蝕。」我說。

「月全蝕就是『天狗吃月』嘛！二〇六一年，我們都在天上做神仙了。喔！那還真是機會難得！爸爸陪你去做紀錄。」

「真的？一整夜都不能睡覺啊！」我說。我不相信爸爸會願意為我犧牲睡眠！

「我知道啦！爸爸說陪你就會陪你到底，到時候你就不要先睡著！」

爸爸說完，夾了一筷子青菜塞進嘴裡。爸爸吃東西的時候，總是會發出很大的聲音，以前我都覺得好討厭。可是，今天飯桌上的氣氛很融洽，爸爸吃東西出聲音這件事，就變得不那麼討厭了。如果我們家天天都能這樣和和氣氣的，該有多好啊！

從小，我和阿弟不管什麼事一定先找媽媽商量，爸爸不是不在家就是在睡覺。我從來沒想過要請爸爸陪我做什麼事。從來沒想過。

十點鐘，媽媽和阿弟都睡覺去了。爸爸坐在沙發上睡著了。電視開著。

十一點半的時候，我搖醒爸爸，告訴他該出發了。帶著媽媽為我們準備的月餅、柚子和開水。爸爸騎機車載我到運動廣場。整個廣場人山人海、燈火通明，像個不夜城。烤魷魚、香腸的味道瀰漫著，各式各樣燦爛奪目的煙火四處飛竄。

我和爸爸選擇了看臺上的一個大臺階坐下。這裡是一個沒有視覺障礙的好地方。

我已經在紙上用圓規畫了三十個圓圈，每一個圓圈中央都畫了十字。我準備每十五分鐘記錄一次地球影子移動的幅度。

月亮圓圓的掛在漆黑的天空上，稀稀疏疏的星星閃亮著。

凌晨八分，地球的影子接觸月亮，月亮的邊邊開始變暗。

一點零八分，月亮出現了小缺口，旁邊還有些淡淡的雲。我在

筆記本上畫上地球影子蓋住月亮的面積。

「天狗開始吃月嘍！」爸爸大聲的說。「你聽過『天狗吃月』的故事嗎？爸爸說給你聽！」

幼稚園的時候就聽過了。可是，爸爸說故事的興致好像很高，我不忍心掃他的興，只好假裝很高興的說：「好哇！你說給我聽。」

「天狗吃月就是有一隻天狗很貪吃，有一天，牠張著大嘴要吃月亮。為了不讓天狗吃掉月亮，地上的人就敲鑼打鼓，想要嚇跑天狗，可是天狗還是把月亮吃掉。不過後來牠被鑼鼓聲嚇到，還是把月亮吐出來。現在的人都不用鑼鼓了，你看，都用沖天炮。」

我和爸爸同時抬頭看著一根根沖天炮衝向天際。這是爸爸對我講的第一個故事。雖然和老師講的不太一樣，但是我覺得爸爸講的比較精采。我心裡湧起一種幸福的感覺，如果爸爸天天都這樣該有多好哇！

兩點四十分，爸爸的頭垂得好低，他睡著了，身體左右前後的搖晃著。半小時後，爸爸醒過來，看看月亮，看看四周，伸了一個懶腰。

「阿樂啊！換你睡覺，爸爸幫你畫月亮。」

「你可以嗎？你會不會睡著？」我有點擔心的說。

「沒問題啦！就學你那樣做嘛！把月亮還在的部分塗上黃色，天狗已經吃掉的地方就讓它白白的，對不對？」

「你不可以睡著喔！」我再三的提醒爸爸。我實在很睏，眼皮再也撐不住了，可是我不知道爸爸會不會真的幫我畫。

爸爸叫我趴在他的腿上睡。我趴在爸爸的腿上，爸爸的腿很瘦，但是很溫暖，我很快就睡著了。

醒來時已經四點十分了，因為掛著心事，所以睡不沉。我有點擔心的接過紀錄表。爸爸真的每隔十五分鐘幫我記錄一次，做得還不錯哩！

「怎麼樣？爸爸做得不錯吧！」

「是啊！做得比我還好！」

有幾秒鐘，我和爸爸都看著月亮。這個時候，月亮已經變成彎鉤的模樣。

「爸爸是不是很壞？你們都不喜歡爸爸，對不對？」爸爸突然

改變話題，他的聲音有點沙啞。

爸爸忽然這樣問我，一時間我也不知道該如何回答。我心裡有個聲音回答了：我喜歡爸爸，喜歡現在這個樣子的爸爸。

「你們一定和媽媽一樣，覺得爸爸很沒有用。」

我第一次聽到爸爸用這樣憂鬱的口吻說話。

「爸爸這一生已經沒路用了。你和阿弟千萬不要學爸爸，爸爸是壞榜樣。」爸爸嘆了一口氣，拿起腳旁邊的蔘茸酒喝了兩口，又仰著頭看月亮。

忽然，他認真的指著月亮問我：「樂仔，你快看，月亮上那一點點雲，看起來像不像25？」

「嗯，有一點像。」我說。

那一小撮雲絲很快就變化成其他形狀。爸爸很認真的在筆記上記下25的數字。

「你是爸爸的福星！快幫爸爸看那顆最亮的星星旁邊的數字是什麼？」

我知道爸爸在研究大樂透的號碼。雖然賭博是很不好的事，但是我實在沒有力量阻止爸爸。

後來爸爸一共研究出六組數字：25、7、30、16、8、5。爸爸說我是他的福星，這組號碼一定不會槓龜。

四點二十七分，地球的影子完全脫離月亮，月亮恢復了圓月。

在這次的觀察中，我發現原來月亮還有很多種顏色。同時，我也看見爸爸的另外一面。

回家的時候，我坐在爸爸的機車後座，風很涼，但是我心裡覺得很溫暖。雖然後來爸爸像瘋子一樣在雲裡面猜數字，我還是給爸爸打了八十分，因為今天的爸爸很像爸爸。

我也有一個好爸爸，星星是我的見證。

16. 爸爸躲在房間裡

星期五那天晚上，吃過飯後，爸爸就守在電視機前，不准我們轉臺。我們都知道，星期二、五是開獎的日子，也是爸爸最忙碌的時候。那天，會有很多人打電話給爸爸，研究一串串的數字，一下六合彩一下又是大樂透的。

我和阿弟坐在理髮椅上討論漫畫。

「你們通通給我閉嘴！」爸爸吼著。

八點四十五分，爸爸緊張起來，一直抽菸。

中獎號碼終於開出來了，電視畫面出現了六個號碼，可是爸爸那天記下的數字一個也沒中；也就是說，爸爸這期的大樂透摃龜了。爸爸用力把遙控器摔在地上，氣呼呼的轉身，指著我大聲的吼：「都是你這個衰囡仔，現在欠人家這麼多錢，叫我拿什麼給人家？都是你，說要看什麼月亮！不看那些月亮，我就不會簽那些號碼，不簽那些號碼，我就不會這麼衰！」

我被罵得莫名其妙，爸爸把他摃龜的責任都推到我身上，好像是我鼓勵他去賭博的一樣。那天爸爸陪我看月亮的時候，我給爸爸打了八十分，現在我要扣回來，現在的爸爸是零分，愛賭博的爸爸，零分！

爸爸暴跳如雷的罵著電視上那些數字，我和阿弟害怕得要命，我們覺得爸爸好像要發瘋了。

之後幾天，爸爸很反常，他都沒出門，每天坐在美容椅上，不是咬指甲發呆，就是翻雜誌配酒喝，要不就照鏡子撥弄頭髮。只要電話一響，爸爸就會嚇得從椅子上跳起來。

「不管誰找我都說我不在家！」爸爸吩咐我們。

星期天，我們都在家，家裡的氣氛變得很怪，可能是爸爸在家的緣故。媽媽說，爸爸會這麼乖，一定是在外面惹了麻煩的事，不敢出門。

「我警告你，我的心情不好！你最好不要惹我。」爸爸伸出食指指著媽媽，口氣充滿威脅。

「人家很快就找來啦！你這樣躲著也沒有用！」

媽媽就是這樣，每次爸爸生氣，她就好像故意要更激怒爸爸似的。如果她少說兩句，爸爸也許就不會那樣瘋狂、凶惡。

果然，爸爸一聽媽媽的話，眼睛就像要噴出火來：「你再給我囉唆一句試試看！」

媽媽看了我們一眼，不再說話，逕自走到廚房。

這個時候，電鈴急促的響起。爸爸從美容椅上慌張的跳起來，將食指指蓋在嘴唇上，示意我們不要出聲。

「有人找我就說我不在家，絕對不要開門，知道嗎？」爸爸說完趕緊跑進房裡，並將房門反鎖。

門鈴瘋狂的響著，夾雜著叫門以及踹踢鐵門的聲音。我和弟弟都害怕得不知如何是好。媽媽從廚房走出來，狠狠的瞪了房門一眼，那種怒光彷彿可以穿透木門，射向躲在房裡的爸爸。

媽媽打開木門。站在鐵門外的人馬上大聲吼著：

「叫臣仔出來！」

「他不在，出去了。」媽媽冷冷的說。

「我知道他在家，我在你們家樓下站了一整個早上都沒見他出門。」

「跟你說他昨天晚上出去，到現在一直沒回來，你愛信不信。」

鐵門又被重重的踹了兩腳。

「你給我叫他出來，要不然別怪我們不客氣。他欠我們的錢，一定要做個清算。哼！別以為躲起來就可以解決。」

我確定門外至少有兩個人，他們踢門踢得很凶，爸爸卻一直躲在房裡。我的兩隻腳開始不聽使喚的抖了起來，我的後背就像被誰塞進一塊冰塊似的，冰涼的感覺從頸部滑下腰部。

鐵門千萬不要被踹開了才好啊！

「他真的不在家啦！」媽媽很不耐煩的說。

「他不在家是不是？好，你是他老婆，你替他把錢還了也是一樣。喏，這是他簽的借據。」

「五十萬？」媽媽叫了起來。「我要去哪裡生五十萬？跟你們說，誰欠你們錢，你們去找誰要，他的事我從來不管！」

鐵門又被踹了兩下，聲音震撼了整棟樓。

這個時候，樓上傳出一大串玻璃珠掉在地上的聲音，是樓上又在抗議了。每當爸爸和媽媽吵架，吼來吼去的時候，樓上的鄰居就會用丟玻璃珠的方式抗議。爸爸經常嚷著說要找他們算帳，卻一次也沒有去。

「欠錢還錢是天經地義的事，不還錢是不是？對付你們這種人，我方法多的是。」

「要我說幾次？錢不是我欠的。你們要錢，自己去找他要！」

「你跟臣仔說，叫他小心一點，他有種就都不要下樓！我們會再來找他！」

鐵門又被踹了兩腳。那兩個凶神惡煞離開後，媽媽走回廚房。

過了一會兒，爸爸從房裡走出來，靠在廚房門上，低聲下氣的對媽媽說：

「你有沒有啦！」

媽媽沒有說話，自顧自的清洗菠菜，水嘩啦嘩啦的流著。看得出來媽媽很用力的壓抑著在體內翻攪的怒氣。我有預感，媽媽就像搖晃過後的汽水瓶，在瓶蓋「啵」一聲之後，那股怒氣將會衝上青天。

「到底有沒有啦！借一下又不是不還你。」

「借一下？你說，你什麼時候還過我錢？哼，不要說我沒有，就算有，我一毛錢也不會借給你！」

爸爸轉身到房裡，開始翻箱倒櫃。媽媽跟在爸爸身後不斷的罵著。整個氣氛是劍拔弩張的，彷彿火山又要爆發了。接下來會發生什麼事，用膝蓋想也知道。

我帶著阿弟到房間。阿弟今天表現得很勇敢，從頭到尾都沒有哭。

17. 電視機被查封了

放學回到家，家裡來了三個打著領帶的人，他們到處走來走去，一會兒看看冰箱，一會兒摸摸爐臺。我看見那個矮胖的先生，開冰箱的時候被電到了，他趕緊將手抽回來，甩了兩下。接著他走到陽臺，先試探性的碰碰洗衣機，確定不會電人才打開。後來那幾個人聚在一起研究那三張老舊的理髮椅。他們搖搖頭，指著電視說：

「房子是租的，只有電視值錢了。」

我們的冰箱會漏電，洗衣機要洗兩次才會乾淨，脫水的時候，就像戰車從我們家陽臺經過一樣轟隆作響。的確只有這臺電視是新的，才買了兩個月。

有一個人拿出一張長長的黃色紙條，斜斜的貼在我們的電視機螢幕上，上面寫著「新北市板橋地方法院封條」。他們還要媽媽在一張紙上簽名。

他們走了以後，阿弟指著黃色封條問媽媽：

「這是什麼？」

「你爸爸欠車行錢，被車行告到法院去了。今天法院來查封財產，我們家就這臺電視機值錢。」

「哥哥，什麼是查封啊？」阿弟問。

「我在報上讀過，就是有些人欠錢不還——這樣說好了，甲欠乙的錢不還，乙就到法院去告甲。法院叫甲還錢，甲說他沒錢，法院就到甲的家，在他家比較值錢的東西上貼這張紙，表示這東西不再是甲的了。有一天法院會拿這些值錢的東西去拍賣，賣掉的錢拿來還給乙。這樣說你懂不懂？」

「那這臺電視很快就會被乙搬走啦！」阿弟說。

「對啊！」我說。

「那我們就沒有電視可以看了。」

「嗯。」

晚上六點半，看連續劇的時候，我們的視線一直停留在那張寫著「新北市板橋地方法院封條」的紙上。那感覺真是不舒服，好像有一根小小的魚刺卡在喉嚨，讓人難受。媽媽叫我們把電視關掉，說這樣的畫面會傷害眼睛；可是，我和阿弟都想知道濟公到底要怎樣收拾那個白骨精。

「我有辦法了，看我的。」

我小心翼翼的撥撥那張封條，從底下慢慢的往上撕。還好，挺順利的，封條都沒有破。媽媽看見我在撕封條，緊張的跳起來大叫：

「那個法官說不能撕啊！」

「可是這樣貼太明顯了，我同學的媽媽如果來洗頭會看到的。還有阿弟每天都帶一大群同學來家裡玩，被同學知道我們的電視被查封，很丟臉的。」

我把整張封條都撕下來：「你看，都沒有破！」

媽媽看我沒弄破封條就不再堅持了。我在封條背後塗了一點膠水，黏貼在電視的側邊。

「貼在這裡應該沒關係。我們再拿條毛巾蓋在上面，這樣就沒有人知道電視被查封了。」

媽媽拿出一條繡著咖啡色圖案的方巾蓋在電視機上，不僅看不見封條，還讓電視機看起來更美觀大方！

每次看電視的時候，我們的眼睛就會不知不覺的去瞄瞄那張封條。

爸爸從來沒有對那張封條發表過意見。我們也不敢去問他。

18. 阿弟被綁架了

有好幾次，我下樓的時候，總會看見兩個人坐在馬路對面的機車上，對著我們家樓上張望，看見我就露出一副不懷好意的眼神，嘴角還露出詭異的訕笑。我猜他們也許是債主。站了那麼多天，難道都不知道爸爸已經一個禮拜沒回家了嗎？

「哥哥，他們是乙嗎？要來搬電視了是不是？」阿弟在拐個彎看不見那兩個人的時候，小聲的問我。

「很有可能，我們要小心一點。」

回到家，我告訴媽媽，樓下好像有人在監視我們。媽媽說她也注意到了，以後她每天會去接阿弟放學，還叫我和樓上的陳禮賢一起回家，千萬不要落單。

星期二，阿弟中午放學的時候，媽媽正忙著幫人家燙頭髮，沒空去接阿弟。阿弟打電話回家，媽媽叫他跟鄰居的同學一起回來，還叫他要小心，不要和陌生人講話。但是，阿弟沒有回來。

兩點鐘的時候，有個男人打電話來，叫媽媽準備一百萬元換回阿弟。

「那你還呆在這裡做什麼？快去籌錢哪！」爸爸大叫著。

「我們家窮得都快沒米下鍋了，誰會綁架我們家的小孩？一定是你那群阿里不達的狐群狗黨幹的，你要為這件事負責！」

「都什麼時候了？你還說這種話，你不要兒子的命了是不是？」

媽媽走到電話旁，拿起話筒開始撥號。爸爸衝向前去，搶下話筒，吼著：

「你要幹什麼？」

「打電話報警啊！」

「你敢報警？想害死我——不顧兒子的死活啦！」

「不然怎麼辦？哪來的一百萬啊！」媽媽哭起來。

「你阿母那裡有啊！你阿爸不是留了一筆錢給你阿母嗎？你就先跟她調嘛！」

媽媽瞪大眼睛看著爸爸，彷彿明白了什麼事般的直點頭：「我明白了。我明白了。這一切都是你策畫好了，要騙我媽的錢替你還債，是不是？你是不是和那些流氓有勾結？你說啊！」

爸爸沉默了。他的情緒表達是很直接的。他很少說謊，當他說謊的時候，就連阿弟都能找出破綻。

爸爸的沉默，表示默認了嗎？天哪！阿爸怎麼可以這樣做？萬一那些流氓弄傷了阿弟，該怎麼辦？

「你說啊！是不是你和你那些狐群狗黨幹的？」媽媽逼問著。

「我也是逼不得已的啊！」爸爸承認了。

「你還有沒有心肝啊！他是你的兒子！你居然……你還我的兒

子來，你還我兒子來……」媽媽又哭又吼又叫的搥打著爸爸。爸爸像一尊石雕像站著，任憑媽媽打罵，沒有還手。

「我要報警！」媽媽擦乾眼淚後，重新走向電話。

「你要報警？你會害死我，送我進監牢！」

「這都是你惹的事，你叫他們把阿弟給放了……」媽媽又哭了起來。

「他們答應我會好好的對待阿弟。只要我們拿錢出來……」爸爸的聲音哽咽了，我看到他的眼睛和鼻子紅紅的：「阿弟也是我兒子啊！我也不願意這樣做，我真的是被逼的啊！」

媽媽打電話給外婆，抽抽噎噎的告訴外婆阿弟被綁票，需要一

百萬贖金。外婆大聲咒罵的聲音，隱約的從聽筒傳出來。爸爸大罵。爸爸自始至終都沉默著。

一個多小時後，外婆和大舅舅帶著一百萬來了。他們劈頭就對

我忽然有點同情他。我知道，爸爸做出這樣的事，是不可原諒的；但是，看到他孤立無援的樣子，我又忍不住同情他起來。可是，當我想起可憐的阿弟，如果他吵鬧，惹火了那些流氓，也許會被撕票啊！想到這裡，我又覺得爸爸實在太可惡了，受到這樣的責備，真是咎由自取。

隨後，大舅舅開車載爸爸拿著一百萬去換回阿弟。

晚上八點，阿弟回來了。爸爸趁著家裡鬧哄哄的時候，悄悄的

溜出去。沒有人知道他去了哪裡，也沒有人問他去了哪裡。

有時候我覺得，爸爸好像家裡的房客，租我們家的一個房間住著。雖然他從來沒付過一毛錢的房租，我們也因為認識多年的情誼不好趕他出去。至於他每天在外面做什麼、去了哪些地方，我們也都不會過問。

我問阿弟，那天他被綁架的經過。阿弟說，有個叔叔開車在學校門口等他。那個叔叔告訴他，爸爸喝醉了在他家裡吵鬧，他要阿弟到他家去把爸爸接回家。阿弟到了那個叔叔家，那個叔叔後來改口說爸爸先回家了，等酒醒了會回來帶他，要他先在那裡等。阿弟說叔叔人很好，還有一個阿姨，阿姨還煮了蚵仔麵線請他吃。阿弟

還說，他們看起來一點也不像壞人，他還想去他們家玩電腦。阿弟還小，我跟他說了很多要注意陌生人的事項，他一樣也不記得，真叫人擔心。

19. 椿及時發現的陰謀

有一個叫「阿狗」的叔叔，最近經常到家裡來。當阿狗叔叔來的時候，爸爸就會把我和阿弟趕進房間，不准我們出來。

有一次，我從客廳聽到他們的一段對話，他們的聲音壓得很低：

「希望這次真的能夠翻身。」阿狗說。

「如果做得漂亮，做完這一『攤』我們就收手。」爸爸說。

他們要做什麼呢？我心裡出現一種不安的感覺。爸爸上星期買

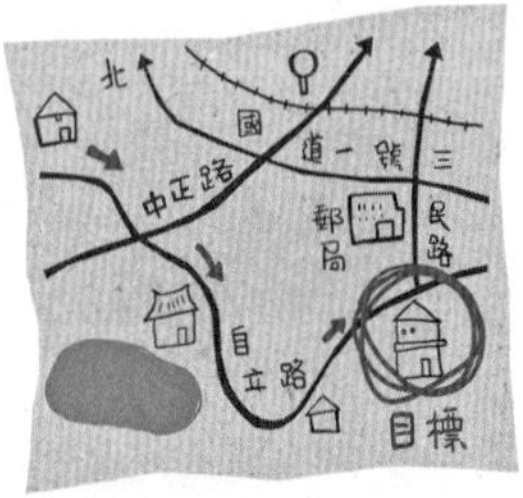

了一張大地圖，一天到晚都在研究地圖，他到底要做什麼呢？我心中湧現一種很恐怖、很不安的感覺，那種感覺就像前一陣子，大家都在傳說大地震要來了，安定的生活就要起變化了一樣。

但願什麼不好的事都不要發生啊！

放學回家經過廟口，正準備走進廟裡。我喜歡聞香的味道，喜歡看有人對神明說話的樣子，看他們獻給神明的供品。

可是一走進廟前廣場，就看見爸爸坐在板凳上，玩象棋賭博。那個叫「阿狗」的男人抬頭看到我，用手肘推推身旁的爸爸說：「臣仔，你那個第一名的兒子來了。」

爸爸每次都當著我的面對他的朋友說，我是他這輩子最大的成就，因為我的成績都勝過那個議員的兒子。爸爸還說，我的聰明都是從他那裡遺傳的。

爸爸抬頭看我一眼，又低下頭看自己的棋子。和爸爸目光交接的那一剎那，我知道他又輸錢了。

「爸。」我怯生生的叫了一聲。爸爸沒有理我。

我不想進廟裡了，繞過爸爸準備回家。

爸爸扔下手中的象棋，站起來拍拍屁股：「我不玩了，你們繼續。今天有夠衰。」

「樂仔，你走那麼快幹什麼？等我一下啦！」

爸爸拉了我一把，我們一起走路回家。

「樂仔，你身上有沒有錢？」

我把手伸進褲口袋裡，掏出僅有的五十塊，遞給爸爸。

「只有五十塊。」

「夠了。」爸爸接過錢，看我一眼，又推一下我的肩膀：「你那什麼表情啊！有錢會還你的嘛！」

爸爸從來沒還過錢，包括他在過年的時候把我和阿弟的壓歲錢全「借」走了，到現在也沒還過一毛錢。我也從來不敢開口要求爸爸還錢。

爸爸走進「萊爾富」，用我的錢買了一包香菸。

「樂仔，阿爸就要發財了。到時候，給你和阿弟一人買一輛二十四段的越野腳踏車，再給你媽媽開一間很漂亮又很大間的髮廊。然後，我們搬到陽明山去住別墅。怎麼樣？有了錢以後，我還你阿舅兩百萬。借一百萬還兩百萬，夠意思吧！這樣一來，你外婆就不會瞧不起阿爸了。」

我沒有說話，這是爸爸的發財夢，他不知道說過多少次了。我

抬頭看看爸爸，他這次說得這樣篤定，比以前的任何一次都還要認真。我忽然擔心起來，那天夜裡，阿狗叔叔和爸爸說「希望這次真的能夠翻身。」「如果做得漂亮，做完這一『攤』我們就收手！」

他們是在計畫什麼大陰謀嗎？爸爸整個晚上都在研究地圖，他是在研究逃亡的路線嗎？難道爸爸和阿狗叔叔要去搶銀行？還是要綁票誰的小孩？或是去恐嚇什麼醫生……

我突然感到背脊發涼，一種恐怖的感覺湧到胸口。我感到害怕，電視新聞上那種血腥的畫面在腦海裡一幅幅的放映：失去孩子的父母傷心欲絕的哭泣；歹徒被及時趕到的警察開槍打死，倒在血泊中，有人在圍觀；歹徒被警察抓到了，在警察局裡拉著一長條寫著自己罪狀的白紙，讓攝影機拍照——第二天報紙會登出來……

天哪！如果爸爸去搶銀行上了頭條新聞，我和阿弟還有媽媽該怎麼辦？同學們會怎麼看待我呢？爸爸如果真的被警察抓走了，外婆以及全世界的人會更看不起他呀！那樣一來，爸爸要變好就更沒有機會了。

不行，我要阻止，可是爸爸會聽我的話嗎？爸爸也許會揍我一頓，或許會把我綁起來，然後關起來，以免形跡被洩漏。可是——這一次就算會被爸爸揍死，我也要想辦法阻止……

我決定寫一封信給爸爸。

敬愛的阿爸：

那天我不小心聽到你和阿狗叔叔的對話，知道你和阿狗叔叔正計畫要去搶銀行，也許是綁票誰的小孩，我不知道那是什麼計畫，總之，是一件很不好的、傷天害理的計畫。

阿爸，我求求你，請你不要做那些壞事好嗎？我不希望你再去坐牢，坐牢很苦不是嗎？曬不到陽光也看不到月亮。

阿爸，我和阿弟，還有媽媽，並不指望你賺大錢。我不要二十四段的越野單車，媽媽也許也不需要又漂亮又大間的髮廊。即使你只在路邊賣冰，只要我們一家人能夠在一起，我們就覺得很滿足了。

阿爸，沒有做皇帝，做大臣也不錯啊！你看，諸葛亮這麼聰明，還是願意做劉備的軍師大臣，所以好的大臣還是很有成就的。

阿爸，我希望每天都看見你好好的，即使你是一個賺很少錢的工人，也是我的阿爸。

阿爸，我不要你被警察抓走，求求你，不要再做犯法的事好嗎？

兒子大樂敬上

第二天出門前，爸爸還在睡覺。我走到爸爸床前，把他搖醒，把信塞到他的手裡，爸爸迷迷糊糊攤開來看的時候，我就出門了。

一整天，我的心都七上八下的，老師講什麼我都沒聽進去。我在想爸爸現在在做什麼？看完信以後，他會有什麼反應？

放學後，我害怕得不敢回家。我在學校裡逗留了好久，直到人都走光了，我才慢慢的走回家。我走得很慢很慢，我甚至希望時間靜止不動。

回到家，我看見爸爸坐在理髮椅上。他從鏡子裡一直盯著我看，眼神裡看不出憤怒，臉色也很平靜。我迅速收起和爸爸對望的目光，低著頭走進房間。爸爸站起來跟著我走進房間。我聽見身後喇叭鎖反鎖的聲音，一顆心咚咚咚的亂跳起來。我已經準備好要挨爸爸的拳頭了。

爸爸把手擱在我的肩膀上說：「樂仔，沒有計畫了，阿爸決定不做那件事了。為了你，阿爸絕對不會再做犯法的事了。」

看見阿爸的眼睛裡有淚水，我也忍不住抽泣起來。

「這個世界上沒有人瞧得起我，只有我兒子……」

爸爸居然哭了，他抱著我哭了起來。

「只有我兒子……」

我也緊緊的抱住爸爸哭了起來。我可以確定了，阿爸是愛我的，否則他不會為了我放棄他發財的機會。爸爸是愛我的，否則他不會理會那封信。我感到好欣慰，爸爸其實是愛我的。

我答應爸爸，這件事是我們父子間的祕密，我誰也不會說，包

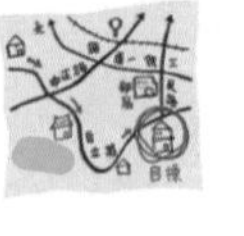

括媽媽和阿弟，我永遠不會說出去。

那天晚上，晚飯過後，爸爸帶我和阿弟去逛夜市。我們打彈珠，射飛鏢，還吃了幾串雞屁股。

睡前，我又丟給自己一個問題：陳大樂，你愛爸爸嗎？

我愛，我愛我的爸爸，因為爸爸也是愛我的。

20. 與神明的約定

媽媽叫爸爸到舅舅的貨運公司上班，擔任開車運貨的工作。爸爸一口回絕。他說司機的工作時間長，又要北高兩地來回奔波，辛苦死了才賺那麼一點錢，他才不幹。

「哼，我就跟我阿哥說嘛，除非給他一間有冷氣的辦公室、一張大辦公桌、一張舒服的太師椅、一個電話，然後什麼事都不必做，只要簽簽六合彩就行了，每個月再給他幾萬塊錢，這樣的條件才請得動這位大爺。」

爸爸原本坐在小凳子上剪腳指甲，聽見媽媽這般冷嘲熱諷，勃然大怒，將指甲刀狠狠的往牆上丟去，指甲刀斷成兩半跌在地上。我正替媽媽擔心，害怕爸爸又要動拳腳了，媽媽卻繼續說著諷刺的話激怒爸爸：

「俗話說『討飯三年，給知縣都不做』。你就是這樣嘛！」

果然，爸爸被羞辱得接不上半句話，像一頭中槍的獅子般衝上前去，對媽媽一陣拳打腳踢，我從來沒看過爸爸打媽媽打這麼厲害。媽媽也不甘示弱，用牙齒咬住爸爸的手臂，爸爸痛得哇哇叫，更用力的把媽媽甩到牆角，撞在小茶几上。

「爸、媽不要打了，不要打了。」我大叫著，試圖拉開爸爸，卻被盛怒的爸爸打了一個耳光後一把推倒在地上。

「阿爸，不要打媽媽啦！阿爸，不要打媽媽啦！」

我的臉頰一陣麻辣，但我還是爬起來，從爸爸背後不斷揮舞拳頭用力的搥打爸爸的後背：

「阿爸，我討厭你，我討厭你啦！你會把媽媽打死的啦！」

爸爸聽到我的話終於歇手了。他狠狠的瞪著我好一會兒，然後一如往常，甩門出去。出門前，他惡狠狠的丟下一句：「哼，惡妻逆子！」

我不知道爸爸去了哪裡？我不知道一個人除了家之外，還能去哪裡？

媽媽趴在地上大聲的哭。媽媽這回真的被爸爸打得痛極了。以前，媽媽都很勇敢，很少這樣哭。

我拿小護士藥膏想幫媽媽擦傷口：

「媽媽，你哪裡痛，我幫你擦擦。你不要哭嘛！」

媽媽一把抱住我，哽咽的說：「我再也受不了了。阿樂，你願不願意跟媽媽走？」

看著淚眼婆娑的媽媽，我用力的點點頭，忍不住也哭起來。媽媽，只要你不要被打，不管到哪裡，我都願意跟著你。

就在放暑假後的第一個星期天，天還沒亮，媽媽就把我們叫醒，要我們收拾行李。

我看到開大貨車的大舅舅和二舅舅也來了，幫我們把家具搬到貨車上。

「媽媽，我們要去哪裡啊？」我問。

「離開這裡啊！」媽媽說。

「不等阿爸回來嗎？」爸爸好多天沒回家了。

「我們就是要搬到一個你阿爸永遠也找不到的地方去。」

「阿樂仔，你不要擔心，到了新家後，我們會照顧你的。」大舅舅摸著我的頭說。

「你爸那個渾球……」

「二哥——」媽媽猛向二舅眨眼皺眉，制止二舅說下去。

家裡搬得空盪盪的，只留下一個舊衣櫥，裡面散亂著爸爸的衣物，還有一張椅墊凹陷得很厲害的準備要丟棄的藤椅。再來就是那臺貼著封條的電視機。那個「乙」一直沒有來搬走。

「媽，我們把床都搬走，爸爸回來要睡哪裡？」

「你放心，他不回這裡到處都有地方睡。他這幾天沒回來，也不知道睡在哪個女人家裡。」

要搬家了，忽然有點捨不得。這裡有我的同學和朋友，竟然連再見都來不及說。

「媽，新家的地址可不可以給我？」

媽媽正在捆紙箱。她抬頭一臉猶疑的看著我：「你要幹麼！你不會要拿去給你爸爸吧！阿樂，你要知道，如果讓你爸知道我們搬到哪裡去了，我所做的這一切都白費了，你懂嗎？」

「我知道，我……我要拿給同學，他們會寫信給我，我在新地方才不會無聊嘛！」

媽媽從口袋裡拿出一張紙遞給我：「快去快回。馬上要出發了。記得叫你同學不要洩露出去！」

我跑下樓，天已經矇矇亮了。

我心裡猶豫著，不知道該把地址拿給誰——其實我還是想把地址拿給爸爸。

最後，我直接往廟裡跑去。心裡有千言萬語想對爸爸說：「阿爸，我開始有點看不起你了。當別人來討債的時候，你躲在房裡不出來，尖著嗓門叫媽媽去應付一群說不通道理的凶惡的流氓。阿爸，你知道嗎？當那些壞蛋用腳踢門吼著叫我們開門的時候，我們有多害怕嗎？你不是說做一個男孩子要有擔當嗎？那你怎麼可以讓你的妻子和孩子受到這麼大的驚嚇？

還有，你串通別的壞人綁架阿弟，阿弟是你的兒子啊！阿爸，你再不回來，媽媽就要帶我們到一個你永遠也找不到的地方去了。過了今天，你就再也見不到我們了。這回媽媽真的下了很大的決心要離開你。阿爸，很多時候，我是站在媽媽這邊的。今天也是。可是當我想到你回到這樣一個空盪盪的、連一張床也沒有的家時，我又為你感到難過。」

廟口冷冷清清的，只有三兩個人在打太極拳。爸爸和阿狗他們常坐的那張長凳子，不知誰忘了收起來，沾了一夜的露水，溼答答、孤伶伶的站在那兒。其實我也知道這麼一大早，爸爸是不會在這裡的。

我走進廟裡。這是間供奉關公的廟宇，關公在高高的神桌上以一副正義凜然的神情看著我。我雙手合十，跪在軟墊上，虔誠的對神明說：

「神明啊！我是住在福員街六十五巷八號四樓的陳大樂。我爸爸是陳大臣，您一定認識他，他經常坐在廟口下象棋，就是那個瘦瘦的、頭髮亂亂的那個。我和媽媽就要搬離開這裡了，爸爸完全不知道我們要搬到哪裡，是媽媽故意隱瞞的。爸爸好可憐，一輩子都讓人家瞧不起。不過不論他再怎麼壞，他還是我爸爸。如果我留紙條給他，那麼所有的生活會再重複一次，爸爸還是會在輸錢回家的時候打媽媽。爸爸打媽媽打得愈來愈厲害，有一天，媽媽很可能會被打死。那樣媽媽就太可憐了。

神明啊！我想到了一個好方法，那就是我把我們的新住址告訴您；如果我爸爸到廟裡來拜拜的目的，不是為了求六合彩的明牌，而是真心誠意的關心我們，向您詢問我們母子三人的下落，並且在您面前懺悔，永遠不會再打媽媽，決心去找一份正當的工作時，就請您把這個新地址告訴他。

您是神明，您一定知道什麼時候是最好的時機，也能判斷爸爸說的話是不是真心的。我相信您，這是我們的約定，好嗎？如果您也贊同這份約定，請您給我三個允杯。」

我拿起筊杯，拜了拜神明，往地上一放，是允杯；我再度恭敬的拜拜神明，然後將筊杯往地上一放，一蓋一仰，又一個允杯；我向神明鞠躬道謝後，再將筊杯往地上一擲，第三個允杯。我的眼淚忍不住流出來了。神明贊同且願意遵守與我的這份約定。這也是神

明給爸爸的一個機會，只要爸爸肯回頭，我們一家人就有重逢的機會了。

我從口袋裡拿出那張寫著新地址的紙條，放在掌心，恭敬的向關老爺鞠了三次躬。然後借了桌上的打火機，到燒紙錢的地方把地紙條燒給神明。

走出廟口，做運動的人多了起來。我回頭看著那幾張長凳子，凳子上還是沾滿了露水。

「阿爸，再見了。不要忘了我們之間的約定！不要再做犯法的事。」

說完，我頭也不回的跑回家。

故事迷宮

看完這個故事之後，是不是對阿樂的家人及家庭有更深的了解？

這裡有個故事迷宮，答對了就能找到出口喔！

入口

阿樂的媽媽在開家庭理髮店，而爸爸大部分的時間都沒有工作。

YES

阿樂爸爸最大的嗜好是戶外運動，例如爬山和游泳。

YES

NO

NO

阿樂非常優秀；他在學校的功課很好，又當班長。

YES

阿樂因為爸媽感情不好常吵架，因此決定長大後不要結婚生小孩。

NO

YES

爸爸以前曾經因為賭場糾紛，傷了另一個流氓，而做了幾年的牢。

NO

NO

YES

爸爸的緊身花襯衫，就是他身上花花綠綠的刺青。

YES

YES

阿樂的媽媽愛喝酒，喝酒後常常亂發脾氣。

NO

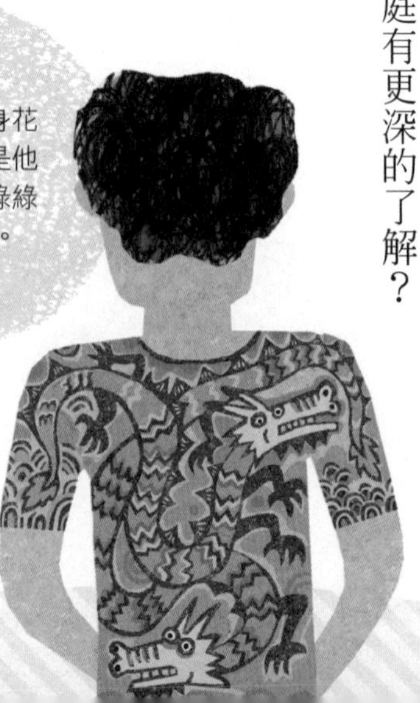

爸爸在外面欠錢還不出來，所以躲在家裡不敢出門。

微波爐被查封了，因為那是阿樂家唯一值錢的東西。

阿樂同學的父母，都樂意他們的小孩和阿樂一起做功課或玩。

傳說中的「天狗吃月」其實就是「月全蝕」。

媽媽為了要過新生活，決定帶著阿樂和他弟弟離開爸爸。

阿樂寫了一封信給爸爸，勸他不要再做犯法的事情。

在阿樂的祈求下，神明答應阿樂，要給爸爸一個跟家人重逢的機會。

雖然爸爸脾氣不好，但他也有愛孩子的一面，例如陪阿樂一起觀察月全蝕。

出口

快問快答

《我的爸爸是流氓》是個寫實的故事，字裡行間藏著好多主角們的心事，以及他們在生活中的掙扎。請根據你讀到的故事，想一想下面的問題：

1. 你對「流氓」的定義是什麼？你覺得陳大樂的爸爸算是流氓嗎？
2. 阿樂的爸爸常抱怨因為自己被叫「臣仔」一輩子，才當不了皇帝、做不了大事。你覺得一個人的名字跟他的命運有關嗎？
3. 阿樂很羨慕同學陳禮賢有個脾氣溫和、假日會帶孩子出去玩的好爸爸。你覺得你的爸爸是個好爸爸嗎？你希望自己成為一個怎樣的爸爸或媽媽？
4. 你覺得阿樂的爸爸愛他們一家人嗎？為什麼？你從書中的哪個部分可以判斷？又，你覺得阿樂愛他的爸爸嗎？
5. 這個故事有三個重要的角色：阿樂、阿樂的爸爸、阿樂的媽媽。這三個人的個性鮮明，並影響了他們表現出來的行為。請根據你

在書中讀到的線索，選出符合他們個性的形容詞（選項可重複）：

1. 貼心的
2. 顧家的
3. 不負責的
4. 好強的
5. 樂觀的
6. 自私的
7. 上進的
8. 溫柔的
9. 能幹的
10. 勇敢的
11. 不切實際的
12. 固執的
13. 悲觀的
14. 散漫的
15. 孤獨的
16. 善良的
17. 負責的
18. 堅毅的
19. 懦弱的
20. 害怕的

阿樂

阿樂的爸爸

阿樂的媽媽

寫信給主角

看完這個故事後，你想對書中的主角：阿樂、阿樂的爸爸或阿樂的媽媽說些什麼呢？無論是支持、鼓勵、勸說或安慰，寫下你想對他們說的話吧！

作者悄悄話

我有一個非常非常好的父親，在我成長的階段陪著我，給我很大的安全感，有父親在，什麼都不用怕。但是，有很多小朋友並不像我這樣的幸運，他們在成長的過程中，得不到父愛，甚至活在暴力父親的陰影之下。每天翻開報紙，讀到這類的新聞事件，總讓人心疼不已。

我寫這個故事是想讓這些小朋友知道，我們雖然不能選擇爸爸媽媽，卻可以選擇自己的未來與方向。人生沒有一定的方程式，也沒有改變不了的命運；大學教授的兒子可能變成無惡不作的流氓，流氓的兒子也可能變成人人尊敬的社會棟梁。所以，如果你有一個好爸爸，你要好好珍惜，因為並不是每個小朋友都有好爸爸；如果你有一個壞爸爸，你要努力的奮發向上，不要讓自己和他一樣。以後更不要讓你的孩子走向和你一樣悲慘的命運。

有朋友問我，書出版了，能改變什麼嗎？當然，這本書不可能改變世界，也不會是什麼特效藥，但是我把一個生活在苦難中孩子的心情放在字裡行間了。或許有一個爸爸，看到這個孩子的心聲，願意修正自己的行為，開始學習當一個好爸爸，慷慨大方的給孩子愛。這樣，就夠了。

不管你有什麼樣的父母、老師，不管你生活在什麼樣的環境裡，路都是你自己走出來的，成功或失敗都操控在你自己的手中，不應該以家庭、環境做藉口而埋怨任何人。大樂是一個不向命運屈服、勇敢掌握自己方向的孩子，你可以像他一樣，做自己的主人，掌控自己的未來，為自己創造一片明朗開闊的天空。

張友漁

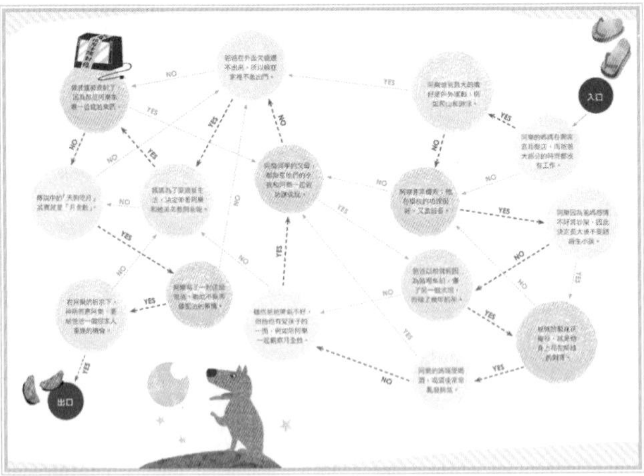

·阿樂的媽媽在開家庭理髮店，而爸爸大部分的時間都沒有工作。↓**對**。

·阿樂爸爸最大的嗜好是戶外運動，例如爬山和游泳。↓**錯**。

阿樂的爸爸整天無所事事、喝酒賭錢，最大的興趣是睡覺和簽六合彩。

·阿樂非常優秀；他在學校的功課很好，又當班長。↓**對**。

·阿樂因為爸媽感情不好常吵架，因此決定長大後不要結婚生小孩。↓**錯**。

阿樂在作文裡寫到，他長大後會跟一個喜歡的女孩子結婚，並擁有自己的孩子；他希望自己是個好爸爸。

·爸爸以前曾經因為賭場糾紛，傷了另一個流氓，而做了幾年的牢。↓**對**。

·爸爸的緊身花襯衫，就是他身上花花綠綠的刺青。↓**對**。

·阿樂的媽媽愛喝酒，喝酒後常常亂發脾氣。↓**錯**。

是爸爸愛喝酒，酒後常亂發脾氣。

·雖然爸爸脾氣不好，但他也有愛孩子的一面，例如陪阿樂一起觀察月全蝕。↓**對**。

·阿樂同學的父母，都樂意他們的小孩和阿樂一起做功課或玩。↓**錯**。

阿樂同學的父母，怕小孩到阿樂家玩會被阿樂的流氓爸爸抓起來賣掉。

·爸爸在外面欠錢還不出來，所以躲在家裡不敢出門。↓**對**。

·媽媽為了要過新生活，決定帶著阿樂和他弟弟離開爸爸。↓**對**。

·微波爐被查封了，因為那是阿樂家唯一值錢的東西。↓**錯**。是電視機被查封。

·傳說中的「天狗吃月」其實就是「月全蝕」。↓**對**。

·阿樂寫了一封信給爸爸，勸他不要再做犯法的事情。↓**對**。

·在阿樂的祈求下，神明答應阿樂，要給爸爸一個跟家人重逢的機會。↓**對**。

後記

阿叔

——張友漁

《我的爸爸是流氓》這本兒童小說在一九九八年初版出版之後，我的爸爸就常常被誤認為是流氓。現在，我終於可以藉由這篇文章為父親平反了。

這十幾年來，我收到很多很多讀者的來信，有家長、有老師，更多是小朋友。有些小朋友對我表示同情，說作者好可憐，她的爸爸是流氓；也有一些人語帶玄機的說，作家的第一本書，通常寫的都是自己身邊的故事，暗喻這是作者自己的故事。我的父親很無辜的被我的作品牽扯進來，莫名的當了十幾年有名無實的「流氓」。

我的父親沒有任何機會發表對這本書的看法，因為他在這本書出版前一年過世了。如果他還在世，知道自己被誤解，我猜他會淡淡然的說：「不要緊，那又不是真的。」

我的父親是一名安靜且憨厚的農夫，從來不會大聲說話；雖然如此，他沉默的神色中，還是顯露出一種令人敬畏的不敢放肆的嚴厲，你做錯事了，他只是用眼睛看著你，就會讓你感到心虛害怕。

記得我高中一年級時，因為念了不喜歡的科系，每天都感到鬱悶不快樂。終於有一次我逃學了，三天不去學校，跑到鎮上看電影，到處閒晃。這三天，我的父親就放任我為所欲為，沒有責備沒有勸説，彷彿他認為我的遊蕩一點問題也沒有，因為是學校的放假日。

第四天上午，我極心虛的不踏實的躺在床上睡覺，決定今天還是不去上學。我聽見有腳步聲走到房門口。父親不帶任何情緒的話語從門縫裡鑽了進來：「蜜呀，你可以去上學了。」

那瞬間，我彷彿是小兵接到長官的命令般，立即從床上彈跳起來，快速穿上制服、梳洗，早餐也沒吃，立即奔出庭院往山下的學校跑去，結束了我學生生涯第一次也是唯一一次的逃學。

家裡七個小孩不叫父親「爸爸」而是叫「阿叔」。我不只一次問父親：「為什麼別人都叫爸爸，我卻要叫你阿叔？叫媽媽阿嬸？」

父親説，是因為大哥小時候難養，到廟裡求助關公，關公下了指令，改叫叔叔嬸嬸，孩子才能平安長大。

「爸爸媽媽這個稱呼太偉大了，我們擔不起。」父親説。

當真正的叔叔到家裡作客的時候，阿叔和叔叔的稱呼讓家裡的孩子們感到混亂，後來經過討論，我們用客家話叫父親阿叔，用閩南話的叔叔稱呼真正的叔叔。

就因為擔不起，於是將自己降格為叔叔。像一棵大樹，謙遜的站在天地之間，眾多昆蟲生物仰賴他；他不説偉大，只説雲淡風輕，有旅店就必然需要住客，感謝住客讓他不寂寞。

大家都說，我長得最像父親。

中學時，到鎮上市場買豆腐，豆腐攤的老闆娘多看了我幾眼，問了一句：「你是某某某的女兒是嗎？」

真有這麼像嗎？我很不以為然。

年輕的時候，從來沒有覺得自己像爸爸，我是個女生，怎麼會長得像爸爸！父親理平頭，後腦勺的頭髮全岔開兩邊往前長，就像植物朝著陽光生長；當我剪短髮時，我發現我的頭髮也像父親那樣岔開兩邊往前生長。年紀愈來愈長，歲月改變了我的容顏，我下垂的眼眉、瘦小的臉型，愈來愈像父親，有好幾次我照著鏡子，卻看見父親。

安靜的父親農閒的時候，喜歡坐在客廳的門檻上，嘴裡咬著家裡的柳丁樹做成的菸斗，一邊抽菸，一邊注視遠方的海岸山脈。現在，每當我回到家鄉時，便會到老家走走。雖然老家土地已經易主，老房子也拆了個精光，還好，原地蓋起的是一間廟宇，我還可以假裝是一名信徒，重新站上這塊熟悉的土地，追尋父親當年望著海岸山脈的視角。遙望那綿延的山脈時，我不斷的想著，當時，父親望著遠山，在想什麼？

也許，和我此刻一樣吧！只是在追憶揣測他的父親也就是我的爺爺的目光。

有一次，我陪父親到花蓮慈濟醫院看病，那時候父親已經病重，必須常常回診。看完醫生，領了藥，我們一起緩步走出醫院，準備過馬路去開車。剛剛走到斑馬線前，眼看綠燈就要轉換成紅燈了，我拔腿就跑，跑過斑馬線，站定，轉身，號誌剛好轉換成紅燈。隔著馬路我看著父親，父親也看著我，他虛弱單薄的身子彷彿隨時會像紙片那般被疾駛而過的汽車的氣流捲向空中，車子從我們面前呼嘯來去，那個紅燈彷彿亮了一個世紀那麼久。父親在馬路那頭也許心裡正納悶，這個孩子是怎麼了？我該怎麼對父親解釋，那陣子，我對於過馬路這件事異常的焦慮，因為我曾經在過馬路時被右轉的公車撞倒！還是不說了吧！何必增加父親的擔憂呢？

當綠燈再度亮起，我跑過馬路重新挽起父親的手臂走過馬路，但是，這已經無法彌補我剛才扔下父親獨自穿越馬路的遺憾。

很多年後，我常常想起這一幕，尤其是過馬路的時候。

如果，你還牽得到父親的手，請你牢牢的緊緊的握著他。

推薦文

問題小說：《我的爸爸是流氓》

——退休國小校長、資深兒童文學作家　**傅林統**

張友漁著作的《我的爸爸是流氓》，入選臺灣兒童文學百選小說組最近代的一本書，其來有自。單從題目來看，就知道是創意十足。它有別於大多數的少年小說，特別強化了黑暗的、寫實的一面，另一面又將主角阿樂仔高度理想化，造成強烈的對比，給人印象深刻。尤其是故事中流氓爸爸、美髮師媽媽和乖孩子阿樂仔，三個角色的刻劃十分突顯，是此作成功的關鍵。

一、乖孩子阿樂仔

作者採取理想的人物刻劃，讓一個稚齡的孩童，面臨無法改變的遭遇，卻能做最大的努力和最好的抉擇。這是個冒險故事，讓主角阿樂仔在「自己家中冒險」；縱然沒有驚濤駭浪、毒蛇猛獸、崎嶇山路，更沒有鬼物幢幢的奇幻危境，但阿樂仔所遇到的不可測的危機，何止這些呢！

爸媽在馬路上開打了，媽媽赤腳散髮的狼狽，和爸爸被踢傷小雞雞的苦痛，多傷阿樂仔的心。他到底要替媽媽撿拖鞋呢？還是要去扶爸爸？不管做哪一樣，都是冒險。

爸爸發酒瘋了，逼阿樂仔要乾三杯，敢不喝嗎？喝了會怎樣？要冒哪個險呢？媽媽來解危，反而惹爸爸生氣，這個險不就更大了。

爸爸隨時都在喝酒，開心酒、開胃酒、鬱卒酒、悶酒，不管爸爸喝的是什麼酒，對阿樂仔來說，都好像踩在地雷上似的，冒險、驚懼、不安。

爸爸和外面的壞人串通綁架阿弟，那恐怖的一天、憤怒的時刻、媽媽歇斯底里的哭喊，這都是阿樂仔要冒的在家中的險。阿樂仔的險境一次比一次更瀕臨危崖，爸爸和阿狗等流氓計畫一次大搶劫，阿樂仔無意中聽到而怕得背脊發涼。

「冒險小說」早期都是「離開家」的冒險，如《西遊記》、《金銀島》、《湯姆歷險記》等。後來興起一種「進入家中」的冒險，如蒙哥瑪莉的《紅髮安妮》、林鍾隆的《阿輝的心》。安妮離開孤兒院到陌生的家庭和社區去，果然養育她的伯伯和姑媽都關愛備至，但她要接受的挑戰卻接踵而至。至於「阿輝」，因為媽媽要上臺北幫傭謀生，將他寄養在刻薄嚴峻的舅舅家，不管伺候舅舅或舅媽，都是「險象叢生」。轉學到一所陌生的學校，更是「危機四伏」。

不管是「離家出走」或「進入別人家中」的冒險，當做少年小說的題材都是容易理解的，可是「在自己家中」冒險，這就十分奇特了。不過張友漁並非開風氣之先。早在二十世紀初，法國盧那爾就寫了《胡蘿蔔》，日本下村湖人也寫了《次郎物語》，都是描述孩子在自己家裡「冒險」，冒被生母與兄長差別待遇和虐待的險。但《我的爸爸是流氓》對主角形象的塑造，卻與前二者大異其趣。「胡蘿蔔」和「次郎」都不屈服於虐待，前者採強度反抗，後者中度反抗；而阿樂仔是零反抗，甚至還去想流氓爸爸的好處，臨別之時還託神明轉告他母子三人的去處，以便有朝一日團圓。

「理想的完美的少年」在「自己家中冒險」，阿樂仔是零缺點、零反抗的。他比大人懂得還多，道德標準也高，怎樣實踐道德也拿捏得十分恰當。這「偶像」令人感動，也賺人眼淚。

二、卑鄙的流氓、徹底的無賴

這個流氓爸爸，說他是流氓應是三流的、卑鄙的流氓，如果說他是「無賴」，倒是比較恰當。依據《國語日報辭典》，流氓和無賴是有分別的：

流氓：遊蕩無業，在地方上欺壓良民的人。

無賴：1. 指無業遊民品行不好的人。

2. 指放刁、撒賴的行為

3. 潦倒失意，就是「無聊賴」。

看起來故事裡的爸爸，還不夠格當「流氓」，因為他在外面欺負不起別人，只會回家欺負妻小。他不負責、不長進、強度依賴媽媽，是純粹「被養」的人。他這種被養、不能自立的心理，強烈的表現在離婚上。他對提議離婚的太太說：「你敢再跟我提離婚，你試試看，離婚以後我也不會給你好日子過。」其實他知道離婚之後自己必然沒好日子過，賴上了妻子就賴到底了，如果對方敢反對就要狠。

流氓爸爸怕妻子不知道自己的「狠」（其實是弱點），所以去刺青了，表示自己要「流氓下去了！」其實這只是虛張聲勢。爸爸是個用情緒生活的人，放任自己的情緒隨時傷人，藉酒瘋持刀亂砍，媽媽的化妝臺也留下兩道深深的刀痕。照理說媽媽的美髮店忙碌，爸爸該做些家事，但這無賴乾脆裝流氓發酒瘋，做個逃避責任的人。這種人其實最卑鄙、最懦弱，是不敢清醒、不敢面對現實的不成熟的人。他永遠停留在認為自己只要耍賴，就可以佔便宜的孩童的年齡。

其實「爸爸」不但沒資格當「流氓」，更不能算是大男人；因為主張父權和男權者，至少在為人父、為人夫的責任上，還會扛起一些擔子。作者塑造這樣一個男人，個性十分突顯，前後一致給人印象深刻。

三、目睛糊蛤仔肉的女人

第三個突顯的人物是「媽媽」，個性倔強、能幹有才氣，可是她怎麼會嫁給「流氓」呢？這並不奇怪，因為世上這種例子並不少，作者藉外祖母的話說：「現在可以自己選，你老母還嫁給這樣沒出息的男人，目睛給蛤仔肉糊住了啦！」

愈是有才幹的女人，往往脾氣愈倔強，也在擇偶上固執己見、一意孤行。家人提醒她對方是無賴、賭徒、酒鬼，但她可能很有自信的說：「以後我會改變他！」她當時的感情很浪漫，以為愛情會改變一切，會提升一個人的心靈。話是沒錯，但抵得過「江山易改，本性難移」嗎？故事裡的媽媽真是瞎了眼。婚前倔強、自信、不聽老人言，婚後可能有一段「改造」的努力。不過照常情來說，「改造」註定會失敗，於是失望之餘就嚴詞對付，甚至不惜宣戰開打，這對怨偶正是如此。

夫妻彼此挑釁，毫不留情，直到眼睛噴火，額頭青筋暴露。可是為什麼不離婚呢？難道這倔強的女人也害怕流氓爸爸的威脅嗎？照王媽媽說是：「你既然要為孩子忍受阿臣一輩子，別人也沒辦法幫你了！」

媽媽的勤奮、能幹，有目共睹；但她是轉型社會、新觀念和舊意識形態變換時期、跌了一跤而蒙受苦難的女人，值得同情。藉此也應喚醒世上的戀人，意亂情迷和倔強自負都不可取。

四、三個問題

《我的爸爸是流氓》從主角阿樂仔來說，是「少年小說」，但在社會和家庭的觀點來說，是「問題小說」，因為它提出了值得省思的三個問題。

（一）大男人沙文主義何時了？

流氓爸爸所以膽敢耍賴，多少受了大男人沙文主義的影響。這種人還體會不出父權社會已崩潰，兩性平權必須落實的時代已來臨了，一切相關的認知和觀念也要隨之改變。譬如兩性品德的評語，過去對男性的讚譽是勇敢、果斷、機智、負責、權謀、剛直、堅強；而女性的美德是貞節、賢淑、優雅、嫻靜、溫柔。也就是男性的品德是站在支配的、施展權力的一方；而女德則是接受支配的一方。如今既已平權，這種偏見也應有所調整，要不然像「流氓爸爸」這種男性，一直保留著「虛偽的男權」，不肯平心靜氣的接受大男人沙文主義的時代已正式結束，那麼類似的不幸還是會持續。

（二）「勸合不勸離」是否合理？

社會上有一種傳統的看法，就是對夫妻的不睦都是「勸合不勸離」，這是合理的嗎？這部小說最大的質疑或許就在此。對離婚以理性的態度評估利害得失，謀求雙方和子女的幸福，而不一味偏執「傳統」或「新潮」，才能避免陷入苦難。其實婚姻生活是一種藝術，要在愛裡結合、容忍裡相接納、恩惠裡相撫慰，離合都要以理性相互協商。

（三）天下不是的父母何時絕？

近來人類的生活趨於緊張，壓力增強，小家庭成員互動缺少緩衝，虐待親生兒的事件頻傳。一般人都以為「單親家庭」問題多，是兒童的不幸。故事裡的王媽媽也認為阿樂仔的媽媽擔心孩子變成單親，是在為孩子而忍。其實兒童在家庭裡的不幸，是父或母、或兩者的不負責、不懂怎樣教養兒女而來的。這部小說的提示還不夠明顯嗎！

《我的爸爸是流氓》除了情節緊湊、高潮迭起、有血有淚、驚心動魄、趣味濃厚外，它明確的提出了時代性的家庭問題，啟發社會共同省思以增添文學價值，也是它受到肯定的因素。

——原載二〇〇二年《書評》第五十九期

小時候會讀、喜歡讀，不保證長大會繼續讀或是讀得懂。我們需要隨著孩子年級的增長提供不同的閱讀環境，讓他們持續享受閱讀，在閱讀中，增長學習能力。這正是【樂讀 456】系列努力的方向。 ——中央大學學習與教學研究所教授 **柯華葳**

系列特色

1. 專為已經建立閱讀習慣的中高年級以上讀者量身打造。
2. 兩萬到四萬字的中長篇故事，培養孩子的閱讀續航力。
3. 多元化題材及結構完整的故事內容，全面提升閱讀、寫作及表達能力。
4. 「456 讀書會」單元，增進深度理解與獲得新知。

妖怪醫院

世上絕無僅有的【妖怪醫院】開張了！
結合打怪、推理、冒險……「這是什麼鬼！？」
新美南吉兒童文學獎作家富安陽子
最富「人性」與「療效」的奇幻故事

故事說的是妖怪，文字卻很有暖意，從容又有趣。書裡的妖怪都露出了脆弱、好玩的一面。我們跟著男主角出入妖怪世界，也好像是穿越了我們自己的恐懼，看到了妖怪可愛的另一面呢！

——知名童書作家 **林世仁**

生活寫實故事，感受人生中各種滋味

★北市圖好書大家讀推薦入選
★教育部國民中小學新生閱讀推廣計畫選書

★教育部性別平等教育優良讀物
★文建會台灣兒童文學一百選
★中國時報開卷年度最佳童書
★新聞局中小學優良讀物推介

★中華兒童文學獎
★文建會台灣兒童文學一百選
★「好書大家讀」年度最佳讀物
★新聞局中小學優良讀物推介

創意源自生活，優游於現實與奇幻之間

★系列曾獲選好書大家讀年度最佳讀物獎、入選義大利波隆那同書展臺灣館推薦書

《神祕圖書館偵探》系列，乍聽之下是個圖書館發生疑案，要由小偵探解謎的推理故事。細讀後發現不完全是如此，它除了「謎」以外，也個充滿想像力的奇幻故事。

——臺南大學附設實驗小學教師 **溫美玉**

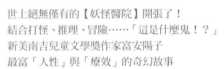

掌握國小中高年級閱讀力成長關鍵期

樂讀456，深耕閱讀無障礙

學會分析故事內涵，鍛鍊自學工夫，增進孩子的閱讀素養

奇想三國，橫掃誠品、博客來暢銷榜

王文華、岑澎維攜手說書，用奇想活化經典，從人物窺看三國

本系列為了提高小讀者閱讀的興趣，分別虛構了四個敘述者的角度，企圖拉近歷史與孩子之間的距離，並期望，經由這些人物的事蹟，能激發孩子對歷史的思考，並發展出探討史實的能力。

——東華大學中文系教授、「三國學」專家 **王文進**

一般人只看到曹操敗得多淒慘，孔明贏得多瀟灑，我卻看見曹操的大器，拿得起，放得下！

——王文華

如果要從三國英雄裡，選出一位模範生，候選人裡，我一定提名劉備！

——岑澎維

孔明這位一代軍師生在當時是傑出的軍事家，如果生在現代，一定是傑出的企業家！

——岑澎維

孫權的勇氣膽略，連曹操都稱讚：生兒當如孫仲謀！

——王文華

黑貓魯道夫

一部媲美桃園三結義的黑貓歷險記

這是一本我想寫了好多年，因此叫我十分妒羨的書。此系列亦童話亦不失真，充滿想像卻不迴避現實，處處風險驚奇，但又不失溫暖關懷。寫的、說的，既是動物，也是人。

——知名作家 **朱天心**

★「好書大家讀」入選
★榮登博客來網路書店暢銷榜
★日本講談社兒童文學新人獎
★知名作家朱天心、番紅花、貓小姐聯合推薦

★「好書大家讀」入選
★日本野間兒童文藝新人獎
★日本路傍之石文學獎
★知名作家朱天心、番紅花、貓小姐聯合推薦

★知名作家朱天心、番紅花、貓小姐聯合推薦

★日本野間兒童文藝獎

樂讀456 004

我的爸爸是流氓

作　者｜張友漁
繪　者｜吳孟芸

責任編輯｜許嘉諾
美術設計｜林家蓁
行銷企劃｜陳雅婷

天下雜誌群創辦人｜殷允芃
董事長兼執行長｜何琦瑜
媒體暨產品事業群
總經理｜游玉雪
副總經理｜林彥傑
總編輯｜林欣靜　行銷總監｜林育菁
副總監｜李幼婷　版權主任｜何晨瑋、黃微真

出版者｜親子天下股份有限公司
地址｜台北市 104 建國北路一段 96 號 4 樓
電話｜（02）2509-2800　傳真｜（02）2509-2462
網址｜ www.parenting.com.tw
讀者服務專線｜（02）2662-0332　週一～週五：09:00~17:30
讀者服務傳真｜（02）2662-6048
客服信箱｜ parenting@cw.com.tw
法律顧問｜台英國際商務法律事務所・羅明通律師
製版印刷｜中原造像股份有限公司
總經銷｜大和圖書有限公司　電話：（02）8990-2588

出版日期｜ 2011 年 8 月第一版第一次印行
2024 年 10 月第一版第二十二次印行
定　　價｜ 250 元
書　　號｜ BCKCJ004P
ISBN ｜ 978-986-241-393-7（平裝）

訂購服務
親子天下 Shopping ｜ shopping.parenting.com.tw
海外・大量訂購｜ parenting@cw.com.tw
書香花園｜台北市建國北路二段 6 巷 11 號　電話（02）2506-1635
劃撥帳號｜ 50331356 親子天下股份有限公司

國家圖書館出版品預行編目資料

我的爸爸是流氓 / 張友漁文；吳孟芸圖
-- 第一版. -- 臺北市：天下雜誌, 2011.08
184 面； 17x21公分. --（樂讀456系列：4）
ISBN 978-986-241-393-7（平裝）
859.6　　100014990